MIRI SMITH

Zwischen Bücherglück und Apfelküssen

Ein weihnachtlich
romantischer Kurzroman

AF208493

Die Autorin

Miri Smith ist das Pseudonym der Wuppertaler Autorin Miriam Schmidt. Sie wurde 1982 geboren und begeistert sich seit ihrer frühsten Kindheit für Fantasy in jeglicher Form. Ihre Liebe zum Schreiben entdeckte sie bereits als Jugendliche. Nach ihrem Oecotrophologie-Studium arbeitete sie viele Jahre im Marketing rund um das Thema Kochbücher. In dieser Zeit veröffentlichte sie ihre ersten beiden Fantasy-Romane. Darauf folgte die beliebte Krimi-Reihe „Elsy Moore", von der wir auch in Zukunft weitere Bände erwarten dürfen. Und nicht nur das. Miris Herz schlägt gleichermaßen für knisternde Wohlfühl-Liebes-Romane. Ihr habt Lust, mehr über Miri und ihre Bücher zu erfahren? Auf Instagram postet sie regelmäßig Neuigkeiten (@miri.smith.autorin).

MIRI SMITH

Zwischen Bücherglück und Apfelküssen

Ein weihnachtlich romantischer Kurzroman

Bibliografische Information der Deutschen Nationalbibliothek:
Die Deutsche Nationalbibliothek verzeichnet diese Publikation in der
Deutschen Nationalbibliografie; detaillierte bibliografische Daten sind im
Internet über http://dnb.dnb.de abrufbar.

Buchumschlag und Buchsatz: Miri Smith
Unter der Verwendung von Bildlizenzen von © Shutterstock - Beskova
Ekaterina und © Adobe Stock - ppdesign | Svitlana | WinWin

Verlag: BoD · Books on Demand GmbH, In de Tarpen 42, 22848 Norderstedt
Druck: Libri Plureos GmbH, Friedensallee 273, 22763 Hamburg

ISBN: 978-3-7583-7400-5

Playlist des Cosy Dreams

Lindsey Stirling feat. David Archuleta – Magic

Cher – Believe

Caroline Pennell – Carol of the Bells

Sia – Underneath The Mistletoe

Paramore – The Only Exception

Freya Ridings – Castles

Goo Goo Dolls – Iris „I just want you to know you I am"

Prolog:
Dream a little dream

Ich wache auf. Schlaftrunken schaue ich mich um und
lausche.
Was war das für ein Geräusch?
Ich lausche und höre ein Quietschen. Die Dielen. Irgendwo
im Untergeschoss.
Eilig springe ich aus meinem Bett und schnappe mir meinen
Baseballschläger.
Auf leisen Sohlen schleiche ich die alte Holztreppe hinab.
Es ist dunkel, aber im Wohnzimmer erwartet mich ein
warmer Schein.
Langsam nähere ich mich und hebe den Baseballschläger an.
Sicher ist sicher.
Ich vernehme ein Summen. Einen melodischen Klang.
Die warme, weiche Stimme einer Frau.
Was zur Hölle geht hier vor?
Langsam nähere ich mich weiter … und entdecke sie.
Die Frau, zu der die Stimme gehört, sitzt in einem
Schaukelstuhl vor dem Kamin. In einem gemächlichen,
monotonen Rhythmus wippt sie auf und ab. Sie ist ganz
vertieft in ihre Arbeit. Sieht mich nicht. Sie … sie strickt.
Die Situation ist derart surreal. Mir entfährt ein erstauntes
Keuchen.
Freundlich lächelnd schaut sie zu mir auf und nickt.
Ich blinzle. Das Bild verschwimmt. Ein wilder Sog …

Ich schnappe nach Luft.
Mit wild klopfendem Herzen wache ich auf.
Verdammt, wache ich wirklich auf!

Ein Dieb in einer Winternacht

Ein langer Arbeitstag ging langsam zu Ende. Jany musste nur noch ein paar der Verkaufsregale aufräumen, dann konnte sie sich in ihren Schuhkarton, wie sie ihr kleines Heim nannte, zurückziehen.

Das Cosy Dreams war zu ihrem Zuhause geworden, bei Tag und bei Nacht. Denn eine Wohnung konnte sie sich nicht leisten. Sie lebte wie eine Maus in einer kleinen Behausung, einer Kammer hinter ihrem Geschäft.

Und das war okay. Mehr als okay. Es war perfekt, zumindest in großen Teilen. Sie lebte ihren Traum!

Ein eigenes Geschäft. Mit Büchern, Strickwaren, Deko und selbst gemachten Köstlichkeiten von Jolly Trees Hausfrauen und -männern.

Seufzend lächelnd sah sie sich um.

Die Oberlichter hatte sie nach Feierabend bereits ausgeschaltet. Nun erleuchteten allein die Lichterketten in den beiden schmalen Schaufenstern, rechts und links neben dem Eingang, ihr kleines Reich, wie ein Kaminfeuer in einem alten Herrenhaus, das es hier natürlich nicht gab. Aber die Stimmung war ähnlich. Im Dämmlicht hatte dieser Ort noch mal mehr etwas ganz Besonderes. Dieser Ort war die pure Gemütlichkeit. Er war wie eine der dicken, weichen Strickdecken, die sie in der Einrichtungsecke verkaufte. Wie das Flüstern ihrer verstorbenen Granny, von der sie die Liebe zur Deko geerbt hatte, die ihr sagte, dass alles gut werden würde, und wie der Geschmack von warmem Apfelkuchen – süß und sauer und vanillig –, der ihr ein wohliges Bauchgefühl bescherte, wie sie es nur aus ihrer frühsten Kindheit kannte. Ein Gefühl von Geborgenheit. Von Sicherheit und Glück.

Von Weihnacht …

Jedenfalls zu dieser Jahreszeit. In drei Wochen war es so weit. Jany verkaufte derzeit in ihrer Dekoecke alles rund um das Fest der Liebe: Weihnachtsbaumschmuck, der herrlich im Schein der kleinen Lichter funkelte, reich verzierte Nussknacker und lustige Weihnachtstassen, die jedem, der sie in die Hand nahm, ein Lächeln ins Gesicht zauberten. Duftkerzen mit betörenden Aromen und Geschenkpapier für Groß und Klein durften natürlich auch nicht fehlen.

Ja, dieser Ort war ein wahr gewordener Cosy Dream.

Jany liebte ihn über alles.

Jetzt mussten lediglich die Verkaufszahlen stimmen und dieser Punkt verursachte ihr seit ein paar Wochen immer stärker werdende Bauchschmerzen.

Obwohl ihr Geschäft in Jolly Tree recht beliebt war, vor allem die Apfelkonfitüre, ein Rezept ihrer Großmutter, fand seit der Eröffnung im Spätsommer reißenden Absatz, schrieb sie keine schwarzen Zahlen.

Machten wir uns nichts vor, mit ein paar Gläsern Apfelkonfitüre bezahlte man nicht seine Rechnungen.

Zudem gab es schlichtweg zu wenig Kundschaft. Bislang hatten die Touristen aus den nahe gelegenen Skiorten nicht den Weg zu ihr gefunden. Und wenn sich dies nicht bald änderte …

Daran wollte Jany lieber nicht denken. Eilig krempelte sie die langen Ärmel ihrer Strickjacke nach oben und machte sich wieder an die Arbeit.

Am Abend hatte sie ein paar Handschuhe und Schals verkauft, Ersatz musste her. Jany ging in ihr Lager, das sich am Ende des kurzen Flurs hinter dem Verkaufsraum befand. Sie knipste die Glühbirne, die lose von der Decke baumelte, an und schaute sich gezielt um. Ihr Lager war tipptopp sortiert, dem Umstand der fehlenden Kundschaft geschuldet.

Wehmütig stellte Jany fest, die verkauften Handschuhe waren die letzten aus Stacys Sammlung gewesen. Wenige ihrer Socken und Schals waren geblieben.

Stacy war eine der Vorbesitzerinnen dieses Ladenlokals gewesen. Sie hatte ein gut gehendes Handarbeitsgeschäft besessen und Kurse im Stricken sowie Häkeln gegeben. Leider war sie vor ein paar Jahren verstorben. Allerdings Mia, Stacys Nichte und eine ihrer neuen Freundinnen, hatte ihr ein paar von Stacys letzten Stücken zum Weiterverkauf angeboten. – Gott, sie war so dankbar für Mias Freundschaft, besonders, weil sie Mia als Jugendliche oft schrecklich gehänselt hatte. Ja …, sie war ein richtiges Miststück gewesen. Nein, sie war ein Ebenezer Scrooge gewesen. Schlimmer: eine Harpyie. Aus zahlreichen Gründen. Gründe, die ihr oft Tränen in die Augen trieben. Und die dennoch unentschuldbar waren. Denn mit ihren neunundzwanzig Jahren hätte sie es verdammt noch mal besser wissen müssen. Und das eigentlich schon viel früher. Viel zu lange war sie wild um sich schlagend durch die Welt geirrt. Bis sie … bis sie …

Jany schluckte einen aufkommenden Kloß in ihrem Hals herunter und strich sich nasekräuselnd über ihre Arme. Sie wollte nicht weinen.

Bis sie erkannt hatte, dass ihr Leben von Oberflächlichkeiten geprägt war. Von leeren Hülsen. Banalen Floskeln. Falschen Wimpern und zuletzt beinahe von Botox. Auf Anraten ihrer Mutter hin, da Stirnfalten bei einer jungen Frau nichts zu suchen hatten. Wie vieles andere. Genauso wenig wie eine eigene Meinung, wenn man nach ihrem Vater ging.

Aber damit war ein für alle Mal Schluss.

Sie hatte ihren Weg gefunden. Ihren eigenen. Tag für Tag wurde sie zu einem besseren und fröhlicheren und – das Folgende erstaunte sie selbst – zu einem herzlicheren Menschen.

Einem Menschen, den sie selbst gern mochte. Und dafür war sie unendlich dankbar. Vielleicht, so hoffte sie, gab ihr das Universum eine zweite Chance.

Und mit dieser Hoffnung im Herzen und einem zaghaften Lächeln auf den Lippen griff sie liebevoll nach zwei der drei letzten von Stacys Schals und ein paar Handschuhen ihrer guten Freundin Maude, einer passionierten Unternehmerin, die in ihrer Freizeit gern strickte und andere bekochte. Wie an jedem Dienstagabend, wenn ihr Buchclub stattfand.

Himmel, diese Abende waren ihr die liebsten. Sie waren –

Jany stutzte abrupt.

Merkwürdig, sie hätte schwören können … Sie wurde hellhörig. Hatte die Türglocke gebimmelt?

Zumindest war sie sich recht sicher, die Glocke gehört zu haben. Hm … Über die Lautsprecher lief weiterhin ihre Weihnachtsplaylist. Aber das derzeitige Stück enthielt keine Glöckchen.

Wer konnte es sein?

Sie hatte geschlossen. Jeder wusste es. Das Geöffnet-Geschlossen-Schild in der Tür war umgedreht.

Moment!!!

Sie hatte die Tür ab–

O mein Gott! O mein Gott!

Nein, sie hatte nicht!

Sie hatte die Tür noch nicht abgeschlossen!

Ach du heilige Scheiße!

Augenblicklich lief es Jany eiskalt den Rücken herunter. Panik schoss durch ihre Adern.

Ein Einbrecher!

Instinktiv duckte sie sich.

Was sollte sie jetzt tun?

Die Einnahmen in der Kasse waren kläglich, jedoch selbst diese zu verlieren und das Wechselgeld. Das wäre eine Katastrophe.

Jany lauschte. Hörte ein sanftes Surren.

Der Einbrecher musste das Türrollo heruntergezogen haben.

Scheiße, sie war am Arsch!

Was konnte sie tun?

Ihr Handy! Natürlich!

Siedeheiß fiel ihr ein, wo es lag.

Nein!, spie sie lautlos aus und ballte kummervoll ihre Hände zu Fäusten.

Ihr Smartphone lag auf der Ladentheke. Nein …

Die Polizei konnte sie demnach nicht rufen. Und selbst wenn sie nach Hilfe schrie, würde vom Bürgersteig oder der Straße aus sie kaum jemand hören.

Sie war allein. Völlig allein …

Jany schloss flüchtig die Augen. Just in dieser Sekunde wusste sie, was sie zu tun hatte. Es gab nur einen Ausweg.

Sie musste sich verteidigen.

Rasch sah sie sich zwischen den Regalen ihres Lagers um, griff nach dem bestmöglichen Gegenstand und schlich gebückt hinaus.

Vom Flur aus konnte sie niemanden erkennen. Jedenfalls nicht hinter der Theke, die zudem bisweilen alles andere verdeckte. Auf die Kasse hatte es der Eindringling also nicht abgesehen. Noch nicht.

Sie hörte ein Rascheln. Hastig versteckte sie sich hinter der Theke und spinkste um die Ecke ins Ladenlokal.

Und da war er! Ihr Dieb!

Es war ein Mann mit beeindruckend breiten Schultern. Das erkannte sie trotz der dicken Winterjacke und Mütze, die er trug.

Selbst von Weitem und in der Hocke befindend bemerkte Jany, dass er einen guten Kopf größer sein musste als sie. Er wirkte sportlich. Seine Oberschenkel spannten unter dem Stoff seiner Jeans.

Was!?

Was dachte sie da? Der Kerl war ein Einbrecher. Sie sollte

ihm verdammt noch mal eins überziehen und nicht seine muskulösen Beine bewundern.

Sie hatte so einen Knall!

Abermals erfüllte ein Rascheln den Raum.

Der Typ stand völlig unbekümmert rechts vom Eingang, vor dem Regal mit den hausgemachten Leckereien.

Was tat er da? Kekse naschen?

Jany hörte ein Knacken, ein Knuspern, ein Biss. Sie blinzelte. Das durfte doch nicht wahr sein! Sie konnte es nicht glauben.

Der fremde Kerl – und sie war sich sicher, dass er ihr unbekannt war – klaute ihre Kekse!? War er bescheuert? Wollte er etwa wegen ein paar Keksen eingebuchtet werden? Also … so etwas hatte sie noch nie erlebt, geschweige denn von so etwas gehört.

Vorsichtig erhob sie sich. Aus ihrer Position in der Hocke konnte sie nichts ausrichten. Nicht, wenn er sie bemerkte und angriff.

Fahrig blickte sie von der Tür zu dem Eindringling, der gute drei Meter von dieser entfernt stand.

Hatte sie eine Chance, zu flüchten?

Ein Versuch war es wert.

Langsam steuerte sie auf die Tür zu. Hocherhoben: ihre Waffe! Sie war zu allem bereit. Nein, das war sie nicht, indes wollte sie jetzt lieber nicht darüber nachdenken.

Erneut mischte sich ein Rascheln unter die weihnachtlichen Klänge. Ein Knacken, ein Knuspern.

Jany hörte ihren Atem in ihren eigenen Ohren, so aufgeregt war sie. Ihr Puls raste und sie spürte, wie sich ein dünner Schweißfilm oberhalb ihrer Lippe bildete. Ihr war plötzlich unendlich heiß.

Aber bald … bald hatte sie es geschafft. Noch zwei Meter, sie stand direkt hinter ihm –

Ein Knarzen!

Nicht er. Sie. Unter ihren Füßen.

Oh … mein … Gott …

Ertappt drehte der Mann sich um.

Jany schrie und holte aus. Zugleich riss sie erschrocken die Augen auf. Sah alles und nichts.

Ein Mann, wie er sich schützte. Vor ihr. Die Arme hochnahm. Eine Tüte mit Keksen, die durch die Luft flogen.

»Halt! Stopp!«, hörte sie es dumpf in ihren Ohren hallen. Sie sah angsterfüllte Augen.

Etwas war falsch. Gewaltig falsch. Falsch, falsch, falsch. Oje!

Es war zu spät, sie konnte sich nicht mehr bremsen. Der Schwung trieb ihre Arme wie von selbst weiter vor. Allein die Richtung konnte sie ein wenig verändern.

Der Mann duckte sich und der antike Tennisschläger in ihren Händen landete krachend und knallend im Regal mit den Trockenfrüchten. Una Perkins selbst gemachte Apfelringe waren hinüber. Zerschmettert. Zerbröselt durch ihre Hand.

»Was zum Teufel!«, fluchte der Mann verwundert und kam wieder hoch.

Was!?

Also das machte sie wütend.

Ihre Ware war zerstört. Nicht mehr verkäuflich und *er* beschwerte sich. Er war eingebrochen!

»Was zum Teufel? Was zum Teufel?«, echote sie und funkelte ihn böse an. Den Tennisschläger vorsichtshalber wieder im Anschlag. Man wusste ja nie. Zeitgleich ging Jany etwas auf Abstand. »Was wollen Sie hier?«, verlangte sie mit bebender Stimme zu erfahren. »In meinem Laden?«, schob sie empört hinterher.

»Nicht sterben«, entfuhr es ihm trocken, wobei sein Blick wachsam zwischen ihrem Gesicht und dem in Mitleidenschaft gezogenen Tennisschläger hin- und herwanderte. Offenbar hatte er sich bereits gesammelt. Lässig verschränkte er die Arme vor der Brust. Mit einem Selbstverständnis und einem Lächeln, das gewiss die eine oder andere Frau um den Verstand brachte. Sie allerdings brachte dieses Lächeln gerade auf die Palme.

Sie schnaubte. »Was wollen Sie?«, wiederholte sie eindringlicher. Noch hatte sie keine Antwort von ihm erhalten. Noch wusste sie nicht, welche Absichten er hegte. Sie musste auf der Hut bleiben, obgleich er ihr mehr und mehr den Eindruck von Vertrautheit vermittelte. Nicht dass sie ihn kannte. Er war ein Fremder. Ein verteufelt gut aussehender Fremder, so viel musste gesagt sein, der ihr aus irgendeinem Grund ein höchst unwillkommenes Kribbeln bescherte. Überall in ihrem Körper. Eine Mischung aus Furcht, Ärgernis und Anziehung. Eine verstörende Mischung.

Und es half nicht gerade, dass er sie ansah. Sie richtig ansah. Lange. Schweigend. Als würde er in sie hineinschauen und ihn etwas an ihrem Verhalten wundern.

Er wunderte sich über sie. Warum? Das war verrückt!

Zumal er jetzt zufrieden lächelte.

Wer war er?

Mr Sportskanone – er war ganz offensichtlich aus einem GQ-Magazin entsprungen und hatte sich verirrt – räusperte sich. »Um ehrlich zu sein, ich habe mich versteckt«, gestand er vertraut und ließ die Arme wieder sinken. Er lächelte wie ein Junge, der bei einem Streich ertappt wurde. Bloß, dass an ihm nichts Jungenhaftes war. Er war ein Mann. Mit markanten Gesichtszügen, gepflegtem Dreitagebart und wie Jany erkannte, nun da er seine Mütze abnahm, mit dunkelblondem, welligem Haar, das glänzte und ihr fürchterlich weich vorkam. Ihr Einbrecher wirkte selbstbewusst, nicht arrogant und er hatte eine Art an sich, die von Vertrauen und Intimität sprach. Obwohl sie sich kein Stück kannten und das irritierte Jany zutiefst.

Abermals musste sie blinzeln. Himmel, sie musste sich in den Griff bekommen. »Versteckt?«, wiederholte sie stockend.

Er lächelte verschwörerisch. »Lange Geschichte. Aber ich bin mir sicher, wenn Sie die Hintergründe kennen würden,

würden Sie mich verstehen.«

»Verstehen?«, echote sie erneut. Verflixt, sie war kein Papagei. Wo war ihre Eloquenz geblieben? Offenkundig war ihr diese völlig abhandengekommen. – Durch die Müdigkeit, entschied sie. Durch den Stress. Den Schock! Genau, sie musste unter Schock stehen. Natürlich!

»Da war jemand, dem ich lieber aus dem Weg gehen wollte«, führte er weiter aus und erst jetzt bemerkte Jany, dass er eine angenehme Stimme hatte. Warm und dunkel. Zartschmelzend wie Zartbitterschokolade.

Doch … doch davon durfte sie sich nicht beeinflussen lassen, schold sie sich selbst. Es war unumstößlich. Sie hatten geschlossen und er war mir nichts, dir nichts hier eingedrungen. Das Ganze hätte schlimm enden können.

»Hören Sie, Mr –«

»Ace. Bitte nennen Sie mich Ace«, unterbrach er sie mit einem kleinen Zwinkern, das sie auf der einen Seite anziehend fand und auf der anderen Seite ärgerte. Ihm war überhaupt nicht bewusst, was er getan hatte. Dabei stand sie wegen der ganzen Aufregung völlig neben sich.

»Ja …«, erwiderte sie nüchtern und vielleicht ein wenig zu unterkühlt, was ihr umgehend leidtat. Trotzdem, derartig leicht ließ sie sich von seinem Charme nicht eintüten. »Hören Sie, Sie sind hier eingedrungen. Der Laden war – ist«, korrigierte sie sich selbst. »geschlossen. Wissen Sie eigentlich, wie ich mich erschrocken habe?«, warf sie ihm vor und all die Gefühle von soeben kamen sintflutartig zu ihr zurück. Herrje, sie hatte tatsächlich einen Schock. Ihre Stimme begann zu zittern und sie ließ erschöpft den Schläger sinken. »Ich hatte …« Das letzte Wort blieb ihr im Halse stecken. Todesangst … Ja, irgendwie so hatte sie sich gefühlt. Hastig wandte Jany ihren Blick ab, der Fremde musste nicht sehen, wie aufgewühlt sie war. Niemand sollte denken, sie wäre schwach. Denn das war sie. Klein und unsicher. Beeinflussbar. Wie ein Pingpong-Ball, den man mit einer Bewegung, mit einer geschickten Bemerkung, wie es ihre Eltern vermocht hatten, von der einen auf die andere Tischhälfte spielte, bis sie nicht mehr wusste, wo unten oder oben war, und sie um sich schlug. Niemand durfte das wissen. Deshalb musste sie sich hier und jetzt beruhigen.

Jany atmete tief ein und aus.

Heimlich sah sie zu Ace.

Überrascht stellte sie fest, dass ihm jegliche Farbe aus dem Gesicht gewichen war. Vorsichtig, abwartend musterte er sie.

»Es tut mir leid«, erklärte er beklommen, jedoch nicht weniger eindringlich.

Jany glaubte ihm.

»Das war bei Gott nicht meine Absicht!« Mit einer Hand fuhr er sich beschämt durchs Haar. »Ich wollte mich wirklich nur eben verstecken. Ich habe mir nichts dabei gedacht. Mir war nicht bewusst, dass Sie geschlossen haben. Ich entdeckte die Lichter und trat ein. Es tut mir leid. Kann ich … kann ich irgendetwas für Sie tun?« Hastig schaute er sich um. Sein Blick blieb an den beschädigten Apfelringtüten hängen. »Den Schaden werde ich selbstverständlich ersetzen. Mehr noch. Natürlich werde ich auch Sie für den Schreck entschädigen.«

»Entschädigen?«, echote sie perplex. Da war er wieder: der Papagei. Das war wirklich nicht ihr Tag …

»Für den Schock. Die Unannehmlichkeiten. Ich …« Erneut fuhr er sich durchs Haar. »Ich mag mir gar nicht vorstellen, wie Sie sich gefühlt haben müssen. Es tut mir schrecklich leid. Verzeihen Sie mir?« Und seine Stimme klang derart aufrichtig, weich und zugänglich, dass Jany ihm nun doch gänzlich den Blick zuwandte.

Sie erkannte, vor ihr stand ein ganz normaler Mann, ein wirklich netter Mann, dem ein blöder Fehler unterlaufen war.

Wie viele Fehler hatte sie in ihrem Leben begangen?

Leider unzählige.

Jany lächelte zaghaft. »Schon gut.«

»Schon gut?«, fragte er erstaunt.

»Verrückte Dinge passieren, oder?«, erklärte sie schulterzuckend. Außerdem war das die Gelegenheit, ihn zu verabschieden. Himmel, sie brauchte Ruhe. Ruhe und eine heiße Dusche. Ihr Bett. Etwas zu essen. Obgleich ein kleines Stimmchen in ihrem Ohr flüsterte, sie könne ihn gern ein Weilchen hierbehalten.

Als könne Ace die ganze Situation selbst nicht glauben, schüttelte er den Kopf und überraschte dann Jany mit seiner Antwort. »Ja, verrückte Dinge passieren. Sie glauben gar nicht, wie oft.« Er zog die Stirn kraus.

Das brachte Jany zum Schmunzeln und für einen flüchtigen Moment sahen sie sich einfach nur lächelnd an.

»Ich bin übrigens Ace. Ace Wynter«, stellte er sich aufs Neue vor und machte dabei keine Anstalten, ihr die Hand zu reichen. Er blieb auf Abstand, gab ihr Raum, was Jany schätzte.

»Ich bin Jany«, stellte sie sich selbst vor und verschwieg wohl wissend ihren vollen Namen. Sie war berühmt berüchtigt in Jolly Tree. Ihr Ruf haftete an ihr wie ein eingetrocknetes Kaugummi unter einer Parkbank. Sie würde Jahre brauchen, um ihn loszuwerden. Stattdessen lenkte sie ab. »Ich bin die Besitzerin des Cosy Dreams.« Schnell machte sie eine allumfassende Geste.

Interessiert lupfte Ace eine Augenbraue und schaute sich eingehend um. »Eine tolle Auswahl. Wenn Sie nicht geschlossen hätten, würde ich mir direkt einen Einkaufskorb schnappen. Sie haben einen guten Geschmack«, stellte er unumwunden fest. »Das Ganze erinnert mich an Skandinavien …« Er überlegte. »An altenglische Herrenhäuser? Es ist eine Mischung davon, stimmt's?«, schloss er und das zauberte Jany ein breites Grinsen aufs Gesicht.

Genau das hatte sie bei der Gestaltung des Cosy Dreams im Sinn gehabt.

»Sprechen Sie aus Erfahrung? Sind Sie etwa Makler und englische Herrenhäuser Ihr Metier?«, neckte sie ihn und ging damit geflissentlich über sein Kompliment hinweg. Mit echten

Komplimenten musste sie erst lernen umzugehen.

»Nein«, gab er zu. »Meine Erfahrungen basieren lediglich auf Bildern und Videos von Instagram oder Netflix. Nichtsdestotrotz, ihr Laden gefällt mir.«

Jany zuckte grinsend mit den Schultern. »Danke! Und es geht mir genauso. Ich muss allerdings gestehen: Das hier ist nicht allein mein Werk. Ich hatte viel Hilfe. Meine Freundinnen aus dem Buchclub. Ohne sie würde es den Laden nicht geben.«

Das erregte Ace' Aufmerksamkeit. »Ein Buchclub?«, erkundigte er sich.

»Ein Frauentreff. Im privaten Rahmen.«

»Verstehe. Also nichts, bei dem Mann …«, er betonte das Wort, damit klar war, was er andeutete. »… erwünscht ist?«

Wollte er etwa teilnehmen?

»Tatsächlich sind wir derzeit ein reiner Frauenclub. Maude Wilder ist unsere Vorsitzende. Kennen Sie sie? Ach, was frage ich. Sie kommen ja gar nicht von hier?«

Diese Aussage brachte Ace zum Grinsen. Herausfordernd verschränkte er die Arme vor der Brust. »Wer behauptet das?«

Jany stutzte. Er war nicht von hier. Und wäre jemand zugezogen, hätte sich das rumgesprochen. Jolly Tree war ein Nest. Die kleinsten Neuigkeiten verbreiteten sich wie Lauffeuer. Nein, er lebte nicht hier. Auf keinen Fall! Oder?

Oh ja, bitte doch!, hoffte ihre innere Stimme.

Sie zuckte mit den Schultern. »Ich nahm es einfach an. Jolly Tree ist eine Kleinstadt. Ein Dorf …«, deutete sie vielsagend an.

Erkenntnis flackerte in seinem Blick. Und erneut war da auch wieder diese Zufriedenheit. Was dachte er?

»Trotzdem, Sie liegen falsch«, stellte er klar. »Ich bin der neue, stolze Besitzer der Primrose Lane 82.«

Jany riss begeistert die Augen auf. »Nein!« Sie kannte das Haus. Das Haus war der absolute Wahnsinn! Es war das schönste Haus von ganz Jolly Tree. Was redete sie da? Von ganz Vermont! Es war der Traum ihrer schlaflosen Nächte. Schon immer gewesen.

»Die Schlüssel wurden mir gestern Abend übergeben.«

Das war eine Überraschung … Jany schluckte. – Egal, wer da gerade vor ihr stand, dieser Mann war reich. Und hatte eine Familie. Er war vermutlich verheiratet und hatte ein halbes Dutzend Kinder wie der verstorbene Vorbesitzer.

Selbstredend war solch ein Mann verheiratet! Wie hatte sie eine Sekunde etwas anderes annehmen können. Warum hatte sie überhaupt darüber nachgedacht?

»Hat es Ihnen die Sprache verschlagen?«, wollte Ace nun amüsiert wissen.

Jany zog gespielt eine Schnute und stieß darauf schwer den Atem aus. »Um ehrlich zu sein: Ich bin schwer enttäuscht. Eigentlich hatte *ich* vor, es zu kaufen. So im nächsten halben Jahrhundert, versteht sich.«

Ace lachte. »Kommen Sie doch vorbei und schauen Sie es sich einmal an!«, bot er ihr spontan an.

»Was, ich? Nein!« Sie war keine Schnüfflerin. Sie selbst schätzte ihre Privatsphäre sehr.

»Warum nicht?« Ein paar Sekunden betrachtete er sie schweigend. »Ich könnte Ihre Hilfe gebrauchen«, wagte er sich vor.

»Meine Hilfe?« Jany sah ihn an, als wären ihm zwei Hörner gewachsen.

»Wie es aussieht, haben Sie ein Händchen für Inneneinrichtung. Und ich stecke seit heute mitten in der Renovierung. Also, was sagen Sie?«

Was bot er ihr an? Einen Job?

»Ich verstehe nicht«, stammelte sie ungelenk.

»Im Grunde ist es ganz einfach. Das Haus ist wunderschön. Es muss nicht viel daran gemacht werden, aber immer noch einiges. Und ich werde mein Geld nicht irgendeinem Schickimicki-Architektur-Büro aus Manhattan in den Rachen schieben. Ich möchte mit Menschen aus dem Ort zusammenarbeiten. Sie haben Geschmack. Sie sind Unternehmerin. Von daher glaube ich, dass Sie sehr gut organisiert sind. Ich bin dies ganz und gar nicht. Also, was sagen Sie?«, wiederholte er seine Worte von soeben.

Jany stand der Mund offen. Das meinte sie. Zum Glück waren ihr ihre Gesichtszüge nicht gänzlich entgleist. Lediglich ihre Augen blinzelten wie die eines scheuen Rehs.

Herrje, was war das für ein Angebot? Ein Angebot, das sie unter keinen Umständen ablehnen konnte. Das zusätzliche Geld konnte sie wunderbar gebrauchen. Davon abgesehen wäre es wundervoll, das alte Haus in Augenschein zu nehmen und ihm zu neuem Glanz zu verhelfen. Bei dieser Vorstellung ging ihr das Herz auf. Sie musste keine Sekunde länger überlegen.

»Gut«, bestätigte sie daher.

»Gut!« Ace nickte zufrieden. Offenkundig war er von keinem anderen Gesprächsende ausgegangen. »Dann sehen wir uns morgen früh. Passt Ihnen zehn Uhr?«

Jany konnte nur nicken. Geschah all dies hier wirklich?

»Ach ja, und bitte bringen Sie schon mal ein paar Kleinigkeiten mit.«

»Kleinigkeiten?« Was meinte ein Mann wie er, wenn er von Kleinigkeiten sprach? Sie hatte keine Ahnung.

Ace schmunzelte. »Sie wissen schon. Die hier zum Beispiel.« Schnurstracks ging er auf das Regal mit den Duftkerzen zu. Und so einen brauche ich unbedingt.« Er zeigte auf einen Nussknacker mit gelber Hose und rotem Frack.

»Okay …«, erwiderte sie leicht überfordert.

Ace ging weiter. »Und die!« Gezielt griff er sich ein Paar von Stacys selbst gestrickten Wollsocken. Sie waren aus meliertem dunkelblauem Garn gefertigt. Wunderschön und weich. »Setzen Sie alles auf eine Rechnung. Die Sachen werde ich gleich morgen begleichen. Den Rest besprechen wir vor Ort.«

Beim Wort Rechnung klärten sich Janys Gedanken. Rechnung … Natürlich! Augenblicklich begann es in ihren grauen

Gehirnzellen zu rattern. Es lag viel Arbeit vor ihr, die sie neben den regulären Öffnungszeiten bewältigen musste. Sie benötigte dringend einen Plan und vor allem brauchte sie Zahlen? »Haben wir ein Budget?«, fragte sie jetzt ganz geschäftsmäßig, was ihm beinahe ein wölfisches Lächeln entlockte.

»Sagen wir Tausend für heute?«

Tausend Dollar!?

Jany räusperte sich. Beinahe hätte sie sich an ihrer eigenen Spucke verschluckt. Tausend Dollar … Sie straffte die Schultern. Dafür bekam man eine Menge Socken und Nussknacker und Kekse … »So viel werde ich nicht brauchen«, gab sie ehrlich zurück.

»Gut.« Er lächelte weiterhin zufrieden und machte sich mit den Socken in den Händen auf zur Tür. »Dann sehen wir uns morgen?«, versicherte er sich zum Abschied.

»Wir sehen uns morgen«, versprach sie und folgte Ace. Nach ihm wollte sie direkt abschließen. Wirklich abschließen.

Er war fast aus der Tür heraus, als er sich ein letztes Mal umdrehte und sich zu ihr lehnte. Plötzlich war er ihr sehr nah. »Und Jany …?« Er zögerte und setzte abermals dieses entschuldigende Lächeln auf. Ein Lächeln, das ihr in Kombination mit seinen Augen …

Jany bemerkte, sie waren von einem ausgesprochen schönen Hellbraun. Sie schienen warm, endlos weit, einfühlsam und stark zugleich. Augen, die ihr himmelhaushoch weiche Knie bescherten.

»Kommen Sie heute Nacht klar?«, sagte er leise und die Welt stoppte für diesen einen Augenblick.

Jany schluckte. Das hatte er nicht gesagt!? Das hatte er nicht gesagt! Ob sie klarkam? Heute Nacht? Verdammt, sie würde nie wieder in ihrem Leben klarkommen, wenn er nicht bald ging. Dieser Mann machte sie fertig. Und sie wusste nicht, ob das gut oder schlecht war.

»Jany? Ist alles okay?«, erkundigte er sich erneut.

Vermutlich starrte sie ihn an wie ein Fisch auf dem Trockenen und war zeitgleich rot angelaufen, derart verrückt wie ihre Gedanken Achterbahn fuhren, in Richtungen, die … die … verdammt sexy waren. Unangebrachter Weise. Schließlich hatte er nur fragen wollen, ob es ihr gut ging, wenn sie seinem Blick Glauben schenken durfte. Er machte sich ehrlich Sorgen. »Alles … alles gut, danke. Ich komme klar.« Sie nickte zur Bestätigung und verriegelte sogleich die Tür. Lehnte sich von innen dagegen und schloss erschöpft die Augen.

Keine Sekunde später plingte ihr Smartphone. Es war der Klingelton ihres Buchclub-Chats.

Eilig ging Jany nachsehen. Nach wie vor mit glühendem Gesicht, sie spürte ihre eigene Hitze.

Ihre Freundin Mia hatte geschrieben. Zwei Worte.

Jany schnappte nach Luft, nichts ahnend, dass diese ihr Leben gehörig auf den Kopf stellen würden.

»Footballstar gesichtet!«

Das Haus meiner Träume

Es hatte nicht mehr als fünfzehn Minuten bedurft und Jany wusste mehr über Ace Wynter, den glorreichen, heimgekehrten Footballstar, als sie je über ihre eigenen Eltern wissen würde. Ihr WhatsApp-Chat war gestern nach Mias erster Nachricht eskaliert.

Sie kannte folglich seine Körpergröße, Schuhgröße, seine Lieblings-Eissorte, sein Lieblings-Getränk und seine Lieblings-Schuhmarke. Allesamt Marken, für die er in zahlreichen Kampagnen Model gestanden hatte. Sie wusste, wie seine Eltern hießen, in welcher Straße er damals in Graceful Tree gewohnt und mit welchem Notendurchschnitt er das College abgeschlossen hatte.

Ace Wynter war von der Sonne geküsst. Er hatte während seiner Laufbahn für mehrere Teams in der NFL gespielt, zuletzt für einen der Top Five, bis er vor einem Dreivierteljahr das Ende seiner Sportkarriere verkündet hatte. Mit neunundzwanzig Jahren. Probleme mit der Schulter hatten ihm zunehmend die Freude am Spiel genommen, weshalb er sich entschieden hatte, abzudanken und den Weg für jüngere Spieler freizumachen. In den letzten Monaten war es still um ihn geworden. Es hieß, er konzentriere sich auf seine Genesung und die Arbeit für einige wohltätige Organisationen, die ihm am Herzen lagen. Und da er während seiner Profilaufbahn nie für Skandale gesorgt hatte, ließ ihn die Presse weitestgehend in

Ruhe.

Ihre Freundinnen überschlugen sich vor Euphorie, solch einen attraktiven Mann nun in ihrer Mitte zu wissen. Dabei war Jolly Tree ein Nest von gut aussehenden Männern.

Die Frauen ihrer Heimatstadt konnten sich wahrlich nicht beklagen, dachte Jany, wie sie die beiden schweren Taschen entlang der Primrose Lane trug. Sie besaß kein Auto, das konnte sie sich nicht leisten, indes war es vom Cosy Dreams zu Ace' Haus – Korrektur: Mr Wynters Haus, immerhin war er ihr Kunde – nur ein Katzensprung. Außerdem blieb sie, die ein absoluter Sportmuffel war, auf diese Weise fit. Besser war es.

Jany stapfte mit ihren dicken Winterboots durch den Schnee. In der Nacht hatte es wider Erwarten kräftig geschneit.

Derzeit glitzerte Schnee überall im goldenen Sonnenschein.

Jany genoss im Vorbeigehen den Anblick der prachtvoll geschmückten Häuser. Die Weihnachtszeit war in Jolly Tree ein richtiges Ding. Niemand, wirklich niemand kam in Jolly Tree an Weihnachten vorbei.

Rauch stieg aus den meisten Kaminen der Häuser auf, während auf manchen Dächern Frosty über die Familien wachte. Über ihnen der strahlend blaue Himmel. Ein friedvoller Anblick. Besonders an einem Sonntagmorgen. Die meisten Anwohner lagen noch in ihren Betten, auf der Straße war nichts los.

Lächelnd stieß Jany kleine Atemwölkchen aus. Es war eisig.

Und wieder einmal fragte sie sich, was einen Profi-Football-Spieler nach Jolly Tree, Vermont, verschlagen hatte.

Gut, er war hier aufgewachsen.

In Graceful Tree, ihrer Nachbarstadt, genauer gesagt. Dort hatte er in der Schulzeit für die Graceful Eagles gespielt.

Zugegeben, sie konnte sich kaum an ihn erinnern. Sport jeglicher Art war noch nie ihr Ding gewesen. Und selbst wenn, ihre Eltern hätten es ihr damals untersagt, ihn kennenzulernen. Sie war stets mit den Söhnen befreundeter Familien ausgegangen. Später mit Elitestudenten und Bänkern. Alles, um ihren Eltern zu gefallen.

Mit Ace – Mr „Ich bringe den Schnee in Sekundenschnelle zum Schmelzen" – Wynter, wie sie ihn seit ihrer mitternächtlichen Internetrecherche nannte, hätte sie sich niemals blicken lassen dürfen. Ace' Eltern hatten damals dem Mittelstand angehört, ihre Eltern waren vermögend. Und das musste unter allen Umständen so bleiben. Nichts durfte ihre makellose Weste beflecken. Und ein Sportler wäre damals wie heute ein riesiger Fleck in ihrer versnobten, kleinkarierten Welt aus Botox und Jacketts. Reich hin oder her.

Jany war dies egal. Sie mochte Ace, gestand sie sich ein. Obgleich sie ihn nicht kannte und der gestrige Abend sie vollends aus der Bahn geworfen hatte. Sie mochte seine Art. Sein Wesen. Seine wundervollen Augen. Oh ja, vor allem seine Augen! Bloß spielte all dies keine Rolle. Er war zwar nicht verheiratet, wie sie zunächst angenommen hatte, allerdings war er nun ihr Kunde. Und das durfte sie nicht aufs Spiel setzen. Das Geld hatte sie bitternötig. Jeden Penny davon.

Wobei sie bislang keine Ahnung hatte, was er ihr bezahlen wollte. Überhaupt fragte sie sich, ob er es tatsächlich ernst mit seiner Bitte gemeint hatte. Sie würde sich nicht wundern, wenn er sie gleich wieder fortschickte.

Sicherlich hatte er nur bereut, sie erschreckt zu haben. Die Bestellung, die sie in ihren Händen trug, war seine Form der Entschuldigung. Das Jobangebot höchstwahrscheinlich schon wieder passé. Na ja, sie würde es sehen.

Nur für den Fall der Fälle hatte sie sich nett zurecht gemacht.

Maude, die einzige Person, die über ihren Zusammenstoß mit Mr Superstar Bescheid wusste – Mia, Alma und Dori hatte sie sich bisher nicht anvertraut –, hatte ihr zu einem legeren Look mit Blazer geraten, und genau das hatte sie angezogen. Jeans in Kombination mit einem lustigen Weihnachtsshirt, das ihr Alma zu Thanksgiving geschenkt hatte, darüber einen dunkelblauen Blazer, der gut zu ihren langen, schokoladenbraunen Haaren passte. Beim Make-up hatte Jany sich zurückgehalten, obgleich ihre Lippen rosig schimmerten. In diesem Punkt hatte Mutter Natur es sehr gut mit ihr gemeint. Fragte man sie, was sie an sich selbst am liebsten mochte, würde sie ohne zu zögern und zu jeder Zeit ihre Lippen nennen.

Jany lächelte bei diesem Gedanken. Sie fühlte sich wohl …, sie fühlte sich, wie sie selbst. Und das war ein schönes Gefühl nach all den Jahren der Verkleidung.

Als Jany nun das Ende der Primrose Lane erreicht hatte, schaute sie auf zu ihrem Traumhaus. Das dreistöckige, viktorianische Meisterwerk mit Erkern, großen Fenstern, aufwendig gestalteten Giebeln und einer umlaufenden Veranda thronte auf einem kleinen Hügel der Stadt. Erhaben und auch ein wenig mysteriös.

Vor etlichen Jahrzehnten war das Anwesen einst als Geisterhaus verschrien gewesen. Alles Unfug, wie die Älteren meinten. Aber die Jüngeren von ihnen, Jany eingeschlossen, liebten den Gedanken, irgendwo in Jolly Tree könne es spuken. Zumal die Spukgeschichte mit einer geheimnisvollen Liebesgeschichte einherging.

Jany schüttelte grinsend den Kopf, wie sie die Stufen empor zur Anhöhe nahm. Ihre Großmutter hatte ihr die Geschichte erzählt, wieder und wieder an jedem Halloween, und sie beide hatten es geliebt. Doch ein Wunsch machte nicht Geschichte. Demnach klopfte sie hastig an die Haustür, nachdem sie davor zum Stehen gekommen war, und verbannte ihre Träumereien. Sie musste aus der Kälte heraus.

Es dauerte keine Minute, da öffnete ihr Ace die Tür.

Auf vieles war sie vorbereitet. Nicht auf ihn. Nicht auf seinen Anblick. Nicht bei strahlendem Tageslicht.

Er begrüßte sie mit einem Lächeln, das sich langsam auf seinem Gesicht ausbreitete, bis sich zwei sexy Grübchen auf seinen Wangen abzeichneten. In seinen hellbraunen Augen funkelte es diebisch, warm und einladend. Eine verwirrende Mischung. Diese verdammten Augen. Sie waren ein einziges irritierendes Versprechen. »Hi! Darf ich Ihnen das abnehmen?«, fragte er aufmerksam und nahm die Taschen von ihr entgegen.

Dabei berührten sich flüchtig ihre Hände.

Während Ace weiterhin unschuldig grinste, rang sich Jany ein schüchternes Lächeln ab. Schon diese winzige Berührung überforderte sie gänzlich. Ein Kribbeln breitete sich von ihren Fingerspitzen bis hinauf zu ihren Armen und ihrem Dekolleté aus. Leise, heimlich, sinnlich.

Rasch, um sich abzulenken, zog Jany Schuhe und Jacke aus, während Ace die Taschen im Flur abstellte. Er trug Jeans und ein Poloshirt. Das Internet mit all seinen Perspektiven hatte nicht gelogen. Er war ohne Übertreibung ein schöner Mann. Mit einer unaufdringlichen, fast sanften Art. Die Erinnerungen an den gestrigen Abend hatten sie nicht getäuscht.

Und er schien neugierig zu sein. Voller Tatendrang pflückte er etwas aus einer der Taschen heraus.

Ein Schraubglas mit Schleife.

»Mein Willkommensgeschenk«, fand Jany ihre Worte wieder. »Das ist eine Apfelkonfitüre, mit Vanille. Nach dem Rezept meiner Großmutter. Ich esse sie fast jeden Morgen. Auf Toast. Mit Butter«, schob sie erklärend hinterher. So mancher wusste nicht direkt etwas damit anzufangen. Aber jeder, der sie einmal gekostet hatte, liebte sie.

Ace offenbar auch. Er stöhnte leise, als er das Glas öffnete und daran roch. »Ich liebe Äpfel!«, verkündete er. »Danke!«

Kurz betrachteten die beiden sich schweigend, ehe Ace erneut das Wort ergriff. »Bitte, kommen Sie herein. Fühlen Sie sich wie zu Hause«, sagte er zu ihr wie zu einer alten Bekannten und schloss hinter ihr die Tür.

Und hier war sie nun.

In eine Folge von Downton Abbey katapultiert. Es war unglaublich.

Verblüfft stellte Jany fest, dass es genau so aussah, wie sie es sich in ihren Träumen vorgestellt hatte, und augenblicklich wurde ihr klar, warum Ace das Cosy Dreams gut gefallen hatte.

Hier regierten zwar dunklere Töne das Bild, hingegen war der englische Charme aus den 1920er Jahren unverkennbar.

Die Möbel, die Lampen, alles schien aus einer längst vergessenen Epoche. Es gab Holzvertäfelungen und Bleiverglasungen an den Schiebetüren. Und alles wirkte gut erhalten, schick und elegant. Vermutlich den warmen Braun-, Beige- und Grüntönen geschuldet.

»Beeindruckend, nicht?«, fragte jetzt Ace, selbst ehrfürchtig und stolz.

Sie lächelte staunend. »Beeindruckend. Das ist definitiv das richtige Wort.«

»Freut mich, dass es Ihnen gefällt.« Er grinste schief. »Darf ich Ihnen den Rest zeigen?«

»Oh ja, bitte!«, stieß Jany euphorisch aus. Sie konnte es nicht erwarten und zückte eilig ihr Notizbuch. Sie hatte zwar keine Ahnung, was er an dem Haus verändern wollte, es war schlichtweg perfekt, aber vielleicht gab es in den oberen Etagen Probleme. Immerhin war der Bau uralt.

Einmal durchs Haus, Ace' Führung hatte mehr als eine Stunde in Anspruch genommen, kamen sie im alten Wohnzimmer, das hinten raus zum Garten führte, an.

Sofort wusste Jany, das war ihr Lieblingsraum im ganzen Haus und keine zehn Pferde würden sie dazu bringen, etwas an diesem Ort zu verändern. Eine breite Fensterfront gab den Blick auf einen verwilderten Garten preis. Ein Blick, der unbezahlbar wäre, würde der Garten ein klein wenig auf Vordermann gebracht werden. Und in Kombination mit diesem atemberaubenden Kamin … Himmel! Er war riesig und gefliest, mit einem wunderschönen abstrakten, dunklen Blumenmuster. Dieses Zimmer war unumstößlich das wahr gewordene Paradies. Hier wollte sie sterben. Also …, wenn sie hundert würde.

»Du siehst, es ist einiges zu tun, jedenfalls im obersten Stockwerk«, fasste Ace zusammen und stützte sich lässig am Kaminsims ab.

Jany nickte. Zum Du waren sie im Dachgeschoss übergegangen, als Ace ihr ein paar Mal die Hand zur Hilfestellung hatte reichen müssen, um über Kartons und Gerümpel steigen zu können. Das zum Thema: Mr Wynter. Letzten Endes war es ihr recht. Das Du fühlte sich gut an. Sehr gut sogar.

Sie lächelte und überflog dabei ihre Notizen, von denen sie sich mehr gemacht hatte, als zuvor angenommen. Im Dachgeschoss musste es vor langer Zeit einen Wasserschaden gegeben haben und bislang schien sich niemand wirklich darum gekümmert zu haben. Zumindest hatte jemand das Haus geputzt, bevor Ace vorgestern eingezogen war. Es war kein Staubkorn zu finden. Umso erstaunlicher war, dass niemand von seiner Ankunft gewusst hatte, noch dass das Haus verkauft wurde. Auf diesen Makler war offenkundig Verlass. »Ich denke …«, überlegte Jany laut und begann eine Bahn durch den Raum zu ziehen. »Ich denke, wir sollten als Erstes die To-does priorisieren. Es gibt viele Kleinigkeiten, in denen man sich schnell verheddern kann. Darauf müssen wir achtgeben.« Das hatte sie bei der Eröffnung des Cosy Dreams vor einigen Monaten schnell gelernt. »Aber das alles kommt natürlich darauf an, was dir am wichtigsten ist. In welchen Räumen du dich am meisten aufhalten wirst.«

»Im Wohnzimmer und in der Küche, nehme ich an. Und in der Bibliothek«, erklärte er schlicht.

»In der Bibliothek?« Hatte sie was verpasst? Es gab keine Bibliothek.

»Du hast recht.« Er lächelte schief. »Noch gibt es keine. Das wäre dann übrigens ein neuer Punkt auf deiner Liste.« Er zwinkerte. Ace genoss es sichtlich, dass sie sich um alles kümmerte. Daraufhin deutete er mit einem Kopfnicken zum Flur. »Die Bibliothek möchte ich im angrenzenden Flur einbauen lassen. Er ist so breit, der Platz wird derzeit nur verschwendet. Und das hätte den Vorteil, dass ich das Wohnzimmer nicht umbauen lassen müsste.«

Verständlich.

Bloß …

Das alles klang schwer danach, als wolle er hier heimisch werden. Wollte er das? Der Mann hatte in der NFL gespielt. Er hatte die Welt gesehen. Was wollte er in Jolly Tree? War dies ein Zweit- oder Drittwohnsitz für ihn? Wohnte seine Familie mittlerweile nicht in Florida? Sie öffnete den Mund und schloss ihn wieder. All das konnte sie ihn nicht fragen. Das alles ging sie nichts an.

Jedoch Ace bemerkte ihr Hadern. Die Fragen in ihrem Blick. Wie er alles zu bemerken schien. Er war ein aufmerksamer Mann. Jany hatte den Eindruck, er beobachtete sie die ganze Zeit.

»Was willst du fragen?«, erkundigte er sich wissend. Er hatte sie ertappt.

Hitze stieg ihr in die Wangen und sogleich wünschte sie sich ihr dickes Make-up von früher, hinter dem sie sich verstecken konnte, zurück.

»Eine Bibliothek also?«, druckste sie herum und begann eine weitere Bahn durch den Raum zu ziehen.

»Ja.« Er lachte leise, ließ ihr aber Zeit. Folgte ihr lediglich mit seinem aufmerksamen Blick.

Ace stand am Kamin, sie wanderte durch den Raum.

Und irgendwie machte dies etwas mit ihr. Sein Blick. Diese wunderschönen Augen. Als würde jemand bei ihr in diesem Moment einen Schalter umlegen. Ace sah sie derart aufgeschlossen an. Sie erkannte, sie musste keine Angst vor seiner Reaktion auf ihre Fragen haben. Sie musste sich nicht verstellen.

Außerdem war es nur fair, dass er wusste, dass sie mittlerweile wusste, wer er war.

»Ich habe mich nur gefragt …« Große Güte, das war schon

ein bisschen peinlich. »Ziehst du jetzt für immer hier hin?«
Verdammt, diese Frage war mehr als peinlich und implizierte
eine Menge. Schnell redete sie weiter. »Ich meine, ich weiß ja
jetzt, wer du bist. Die ganze Stadt redet über dich. Und …
und … Herrgott, leben deine Eltern nicht in Florida?«, schob
sie schroffer hinterher als beabsichtigt. Egal, sie musste ihrem
Redefluss ein für alle Mal ein Ende setzen.

Ace zog amüsiert die Stirn kraus und trat nun mit neugie-
riger Miene auf sie zu. »Es hat sich also rumgesprochen, dass
ich hier bin?«, wollte er erfahren.

Jany konnte nur entschuldigend mit den Schultern zucken.
»Der Kleinstadtfunk.«

»Das war absehbar.« Er schnaubte leicht resigniert und
blieb vor ihr stehen. »So ist es immer.«

»Sie haben es nicht von mir«, beeilte sich Jany zu erklären.
Sie war keine Tratschtante. »Bis gestern wusste ich nicht einmal –«

»Ich weiß«, unterbrach er sie. »Das war unübersehbar. Ich
kann dir verraten, ich werde nicht alle Tage mit einem Tennisschläger angegriffen«, scherzte er flüchtig.

Jany wollte schon lachen, als sie bemerkte, dass er mehr
zu sagen hatte.

»Aber es war schön, sich einmal mit jemandem zu unter-
halten, der mich nicht kennt. Beziehungsweise meint, mich zu
kennen.«

»Verstehe.« Jany nickte mitfühlend, denn sie verstand ihn
wirklich. Auch sie hatte einen Ruf. »Nur gut, dass ich keine
Ahnung von Football habe. Und vermutlich würdest du mich
damit auch ziemlich langweilen. Bestimmt würde ich hier auf
der Couch auf der Stelle einschlafen, würdest du davon zu erzählen beginnen«, scherzte sie übertrieben, weil sie das Be-
dürfnis verspürte, ihn aufzumuntern und die Situation aufzulockern, und er lachte tatsächlich.

Und dieses Lachen … Es war tief und rau.

Augenblicklich stellten sich die Härchen auf ihren Armen

auf.

Oje … Wenn sie nicht aufpasste, dann ging ihr dieser Mann unter die Haut.

Folglich lenkte sie sich eilig ab und setzte sich voller Eifer auf besagte Couch. »Also, womit fangen wir an?«

Ein teuflischer Buchclub

Jany war im Weihnachts-Himmel.

Mit einem Teller Lasagne in der Hand saß sie in Maudes prachtvoll geschmücktem Wohnzimmer, zwischen Lichterketten, glitzerndem Tannenbaum und flackernden Duftkerzen – alles in schicken Rot- sowie Grüntönen gehalten – und genoss die Zeit mit ihren neu gewonnenen Freundinnen, Mia, Maude und Alma. Frauen, mit denen sie bis vor einem Jahr nichts zutun gehabt hatte, und dies bedauerte sie sehr. Allesamt waren sie großartig, auf ihre Weise. Sie waren kluge, mitfühlende, starke Frauen. Mal leise, mal laut. Jany bereute es sehr, dass sie sich nicht früher einen Schubs gegeben und einen Schritt auf sie zugemacht hatte.

Jetzt fehlte allein Dori mit ihrer kleinen Tochter Bree. Sicherlich würden die beiden gleich kommen. Niemand verzichtete wissentlich auf Maudes Kochkünste.

Maude war eine hervorragende Köchin und die gute Seele ihres Buchclubs. Ihr hatten sie jeden Dienstag ein wunderschönes Dach über dem Kopf zu verdanken und eine köstliche Mahlzeit. Maude liebte es, ihre Mitmenschen zu verwöhnen, besonders ihre jungen Lieblinge aus ihrem Frauenclub. Maude war mit Anfang sechzig die älteste in der Runde, alle anderen waren Ende zwanzig. Allerdings kümmerte dies niemand. Sie waren Freundinnen und das zählte.

Jany saß Maude gegenüber auf der Couch. Niemand saß

am Esstisch. Die Frauen machten es sich stets in der Sofaecke gemütlich. Mit ihren Büchern und ihrem Strickzeug. Während die einen das derzeitige Buch besprachen, meist ein knisternder Regency-Roman, lauschten diejenigen, die lieber strickten oder häkelten. Im Grunde war ihr Club ein bunter Mischmasch aus Interessen. Wie Janys Cosy Dreams.

»Ich platze gleich!«, stöhnte Alma, die neben ihr auf der Couch saß. Was sie nicht davon abhielt, sich eine weitere dampfende Gabel Lasagne in den Mund zu schieben. »Das ist … hei-iiß …«, bemerkte sie röchelnd, nach kalter Luft schnappend und das bestimmt schon zum dritten Mal an diesem Abend.

Jany schmunzelte, sie konnte es verstehen. Ihr ging es ähnlich. Wie konnte man langsam essen, wenn es dermaßen gut schmeckte?

Mia sah dies anders. Zumindest tat sie so. »Dann iss langsamer!« Sie lachte und rollte mit den Augen. »Holy moly …, du bist wie James. Der ist auch unersättlich.«

»Ach ja? Ist das so?«, sprang Alma sofort auf den Zug auf. Wo sie war, war ein schmutziger Witz nicht weit.

»Ja, ist er.« Mia grinste frech. »Genau wie seine Tochter. Ein Hoch auf Babygläschen!«, tat sie energisch kund. – Eloise, Mias Baby, war erst ein paar Monate alt und forderte ihre Mommy, die weiterhin, wenngleich wenige Stunden, als Buchcoverdesignerin arbeitete, sehr. Sie hatte permanent Hunger wie ihr Mann James. Ein gut aussehender Mathelehrer und Autor, der gerade auf Eloise aufpasste.

»Die Kleine wird mal eine ganz Taffe!«, bedeutete Maude mit ihrer weichen Stimme, die Jany so gerne mochte. »Wie sie jetzt schon nach meinem Finger greift.« Maude ahmte die Kleine nach und nickte vielsagend. »Ich sage es euch …«

»Und genau so muss es sein. Vive la révolution!«, verkündigte Alma halb scherzhaft, halb kämpferisch. Sie alle wussten, was ihre Freundin meinte. Was die Frauenrechte anbelangte, hatte die Welt noch einiges dazuzulernen und Alma wurde es nie leid, dafür zu kämpfen, wie für alles, das ihr am Herzen lag.

Ein Grund, warum ihr Mann Cal sie derart vergötterte. Und das tat er wirklich …, dachte Jany ein klein wenig neidisch, obgleich sie es sofort bereute.

Ebenso bereute sie es, ihre Freundinnen bisher nicht eingeweiht zu haben. Sie hatte sich nicht getraut. Bis auf Maude wusste keine von ihnen, dass sie seit vergangenem Sonntag für Ace Wynter arbeitete. Als Teilzeit-…

Wie nannte man das, was sie tat?

Alles, was ihr in den Sinn kam, klang schrecklich hochtrabend. Früher hätte sie sich mit solchen Titeln gerühmt, heutzutage war sie einfach froh, einen Job zu haben, der ihr Freude bereitete. Und die Arbeit mit Ace bereitete ihr Freude. Große Freude. Sie hatte bereits mit einem umfassenden Plan für die Hausrenovierung begonnen, Angebote für Handwerker eingeholt und Recherchen im Netz betrieben. Es war schön, gebraucht zu werden.

»Na, wo bist du denn?«, rüttelte sie unvermittelt Alma mit ihrer neckenden Stimme wach.

Blinzelnd kam Jany zur Besinnung. Herrje, ihre Gedanken hatten sie weit weggetragen. Zu weit.

»Haben wir etwa jemanden kennengelernt?« Herausfordernd wackelte Alma mit den Augenbrauen. Ihr Lockenkopf wackelte gleich mit.

O Gott! Ihre Freundin war zu scharfsinnig.

Jany riss erschrocken die Augen auf.

»Nein!«, stieß Mia erfreut aus und stellte sofort ihren Teller zur Seite. Begeistert und mit einem niedlichen Funkeln in ihren Augen lehnte sie sich zu ihr herüber. »Erzähl! Erzähl – uns – alles!«

»Kinder, Kinder!«, ermahnte Maude sie sogleich, wofür sie einen weiteren scharfsinnigen Blick von Mia erntete.

»Du weißt es schon!«, stellte sie empört fest.

Maude konnte bloß entschuldigend grinsen.

»Nein!«, rief jetzt Alma aus. »Das ist unfair. Total unfair!« Und zog gespielt eine Schnute, musste sich jedoch gleichzeitig ein Schmunzeln verkneifen.

»Ich hatte einen Grund! Einen guten Grund …«, fühlte sich Jany gezwungen zu sagen.

»Tatsächlich?« Alma grinste diabolisch. »Das macht es nur umso interessanter.«

Gespannt warteten ihre Freundinnen, dass sie zu erzählen begann.

Tja, das konnte was werden. Jany nahm erst einmal einen Schluck ihres warmen Apfelpunsches, nur um festzustellen, dass er ohne Alkohol war, natürlich, Bree zuliebe. Besser war es. Ihr schwirrte ohnehin der Kopf. Sie wusste schlichtweg nicht, was ihre Freundinnen von der ganzen Sache halten würden. Von Ace und ihrer neuen Arbeit. Sie hatte Angst, dass sie schlecht von ihr denken könnten. Sie hatte Sorge, dass ihre Freundinnen Hintergedanken bei ihr vermuteten, weil Ace reich und berühmt war. Dass sie glauben könnten, sie würde wieder zu der Frau von damals werden. Es war möglich, dass sie Derartiges von ihr dachten … Oder? Bei ihrer Vergangenheit konnte sie es ihnen nicht verübeln.

»Ich weiß gar nicht, wo ich anfangen soll«, gestand sie kleinlaut.

Alma begriff auf Anhieb und schenkte ihr ein sanftmütigeres Lächeln. »Am Anfang ist immer gut«, schlug sie geduldig vor und in diesem Moment schellte es.

»Ha!«, schreckte Maude auf und sprang dabei förmlich aus ihrem Sessel. Euphorie hatte sie gepackt. Sie strahlte bis über beide Ohren. »Unser Überraschungsgast!«, verkündete sie und zog resolut ihre Bluse straff.

»Was!?«, kam es aus allen Mündern.

»Wartet's ab, wartet's ab!« Maude wackelte aufgeregt mit den Händen in der Luft.

Ums Eck verschwunden, der Eingangsbereich lag direkt neben dem Wohnzimmer, hörte Jany, wie Maude die Tür öffnete und Stimmengewirr den Flur flutete.

»Lass mich runter! Lass mich runter!« Brees zuckersüße Stimme im Befehlston. »Danke!« Dann begann sie zu singen und übertönte alles und jeden.

Jany lauschte und bemühte sich, überhaupt irgendwas zu verstehen.

»Herzlich will… zu unse… Buchclub!« Maudes Stimme schmolz förmlich dahin. »Oh, danke! Das … nicht nötig ge…«

»Ich will einen Kuss!«, verkündete Dori lautstark und übertrumpfte damit ihre Tochter nochmals an Lautstärke.

Bree quiekte und lachte. »Ih, das ist ekelig!« Offenbar hatte ihre Mutter ihren Kuss bekommen.

Das Geraschel von Jacken und Schuhen, die ausgezogen wurden, erklang.

Gleich darauf betraten drei Personen den Raum, indes sah Jany nur die eine.

Ace!

Große Güte! Was tat er hier?

Sie musste schlucken. Mehrfach. Ihr Mund wurde trocken.

Er sah teuflisch gut aus. Auf eine lässige, sportliche Weise. Wie ein Mann, der völlig in sich ruhte.

Sein dunkelblondes Haar lag unordentlich in Wellen. Jany mochte genau das an ihm. Er trug eine eng anliegende Jeans und einen dunkelgrünen Wollpulli mit grobem Flechtmuster. Am liebsten hätte sie ihm den Pulli direkt über den Kopf gezogen und ihn selbst angezogen. Ace Wynter hatte einen tollen Geschmack, das hatte sie bereits am Sonntag festgestellt.

Und er lächelte verschmitzt, als wäre irgendein teuflischer Plan gerade aufgegangen. Vermutlich war dem auch so. Denn Maude grinste auf dieselbe Weise.

Wann war ihr Buchclub zu einer Art Vorhof zur Hölle mutiert?

Herrje …

Jany wurde warm und schob eilig die Ärmel ihres dicken Winterpullis hoch. Frustriert stellte sie fest, dass *sie* nicht wie aus dem Ei gepellt aussah. Auf ihrem flauschigen Wollpulli prangte ein riesiger Weihnachtsbaum mit plüschigen Bommeln als Christbaumkugeln. Sie hatte kaum Make-up aufgelegt und auf ihrem Kopf thronte ein unordentlicher Knoten. – Aber den Gedanken, dass sie nicht genug war, ließ sie lediglich kurz zu. Nein, das hier war sie und wem dies nicht gefiel, konnte ja wegsehen. Das musste sie lernen. Das wollte sie lernen.

»Mr Wynter!«, begrüßte Alma ihn als Erste und stand grinsend wie ein Honigkuchenpferd auf.

»Bitte, Ace!« Er lächelte höflich.

»Archibald!«, machte Bree energisch auf sich aufmerksam. »Er heißt Archibald!«, verkündete sie, als wäre dies Gesetz, und stellte sich wie eine Beschützerin mit strenger Miene neben ihn. Dabei ging sie ihm gerade mal bis zur Hüfte. Die Siebenjährige war klein und schmächtig. Dafür schlauer als jeder Erwachsener, den Jany kannte.

»Ja, genau«, stimmte Ace geduldig zu. »Und meine Freunde nennen mich Ace. Wie du.« Jetzt schüttelte er Mia die Hand. »Freut mich!«

»Mich auch.«

»Jany …« Er nickte.

Augenblicklich schossen alle Blicke zu ihr.

»Ihr kennt euch!?«, stellte Dori, die Blaubeer-Königin von 2010, fest. Sie sah wunderschön aus in ihrem Hosenanzug. Taff und sehr geschäftsmäßig. Sie kam direkt von der Arbeit, hatte Bree eben vom Tanzunterricht abgeholt.

»Yep«, war alles, was Jany dazu einfiel und lenkte eilig ab. »Woher kennt ihr euch?«, stellte sie an Maude und Ace gewandt die entscheidende Gegenfrage. Was hatten sie ausgeheckt?

»Ich kenne seine Mutter«, begann Maude, als wäre die Aussage allein selbsterklärend, schob dann aber hinterher. »Als ich hörte, dass der Junge derzeit ganz allein sein Dasein in Jolly Tree fristet, dachte ich, ich lade ihn einfach mal zu unserem heutigen Treffen ein. Um Gleichgesinnte zu treffen. Archibald …« Sie zwinkerte ihm zu. » … ist begeisterter Leser. So und jetzt: Ace, darf ich dir etwas anbieten? Lasagne? Punsch?«

Ace grinste breit. »Bücher und Lasagne? Was will man mehr. Gern. Darf ich dir helfen?«, bot er an, was Mia ein leises Seufzen entlockte, das nur Jany hörte.

Verschwörerisch lächelten sich die beiden Frauen zu.

»Nein, nein«, winkte Maude ab. »Bree hilft mir sicherlich gern. Stimmt's, Schätzchen?«

Bree nickte begeistert, woraufhin sie sich auf den Weg machten.

Dori gesellte sich zu den Frauen. Ebenso Ace.

Im Stillen dankte Jany dem Universum, dass Ace nicht direkt neben ihr saß, sondern eingekesselt zwischen Dori und Alma. Einen ganzen Abend neben ihm unter der Beobachtung ihrer Freundinnen, sie wäre gestorben. Durch einen Hitzschlag mit hochrotem Kopf.

»Also, woher kennt ihr euch?«, ließ Alma, nachdem sie sich allesamt vorgestellt hatten, nicht locker.

»Von der Arbeit«, ließ Jany zögerlich die Bombe platzen.

»Wie?«

»Aus dem Cosy Dreams?«, schlussfolgerte Mia leise und sah Jany mit einer Frage in den Augen eindringlich an: Warum hast du es uns nicht erzählt?

Jany nickte halbherzig. »Ich wusste nicht, wie«, gestand sie ihrer Freundin flüsternd, als Antwort auf ihre unausgesprochene Frage, und klang dabei nahezu verzweifelt.

»Du kannst uns alles erzählen«, erwiderte diese und das brachte Jany beinahe zum Weinen. Bis vor zwei Jahren hatte sie sich so schlecht gegenüber Mia verhalten und sie … sie hatte ihr alles verziehen. Sie war ein so viel besserer Mensch, als sie es je sein könnte.

»Hey, es wird nicht geflüstert! Das ist unhöflich. Wir haben schließlich einen Gast«, erinnerte Alma sie.

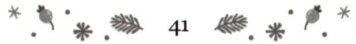

Dori lächelte, sie hatte sie gehört.

Ace hingegen betrachtete sie nachdenklich. Dann ergriff er das Wort. »Hinter unserem Kennenlernen verbirgt sich eine kuriose Geschichte. – Ein Überfall, zerstörte Apfelringe und die beste Apfelkonfitüre meines Lebens führten dazu, dass Jany seit Sonntag für mich arbeitet. In meinem Haus. In der Primrose Lane 82. Ich nehme an, ihr kennt das Haus?«

»Das Geisterhaus!«, entfuhr es Alma entzückt.

Und diese Bemerkung trat eine ganze Lawine an Fragen los. Zwischen Lasagne und Gelächter fühlten sie Ace auf den Zahn. Die Frauen wollten mehr über Janys Aufgaben erfahren, über sein Haus und seine Zukunftspläne. Ace ließ alles über sich ergehen und verriet sogar, dass er seine Genesungsphase auch dazu nutzte, um sich zu überlegen, wie es beruflich für ihn weiterging. Ace schien sich dabei pudelwohl zu fühlen und die neue Buchauswahl ihres Clubs gefiel ihm ebenfalls: Der scharlachrote Buchstabe von Nathaniel Hawthorne, dessen Verfilmung Jany sehr mochte.

Eine ganze geleerte Bowle Apfelpunsch später, inklusive ein paar vertilgter Minztrüffel, es waren gute zwei Stunden vergangen, wurde es Zeit für Jany, zu gehen.

Der Tag steckte ihr in den Knochen. Zugegeben, einen Hausumbau zu planen, war spannend, nichtsdestotrotz neben ihrem eigenen Betrieb herausfordernd. Sie war müde, obgleich sie ewig hier sitzen bleiben wollte.

»Ciao, Leute, es war schön mit euch. Maude, danke fürs Essen! Es war wieder einmal köstlich.« Jany stand auf und gab Maude, die erstaunlicherweise sitzen blieb, das tat sie für gewöhnlich nie, einen Kuss auf die Wange.

»Immer gern, mein Liebes. Und wenn du Unterstützung im Laden brauchst, sag Bescheid«, verabschiedete sich ihre Gastgeberin.

»Danke …, aber das wird nicht nötig sein«, murmelte sie den letzten Satz leicht verdrießlich. Die Leute rannten ihr ja nicht gerade die Tür ein.

»Ach ja, und Archibald«, betonte Maude nun. »Bist du bitte so lieb und bringst unsere liebe Jany zur Tür? Ich möchte diese Masche nicht verlieren«, bat sie ihn unschuldig und hob wie zum Beweis ihr Strickzeug an.

»Das ist nicht nötig«, protestierte Jany, das Ganze machte viel zu viel Aufsehen, und ein weiteres Mal an Ace gewandt beteuerte sie: »Das ist wirklich nicht nötig.«

»Papperlapapp. Ace, bitte!« Maude ließ keinen Widerspruch gelten.

Ace lächelte nur. Wenn er bemerkt hatte, dass Maude offenkundig etwas im Schilde führte, ließ er sich nichts davon anmerken. »Sehr gern, Ma'am.«

Jany eilte davon. Das Letzte, was sie gebrauchen konnte, waren irgendwelche Verkupplungsaktionen ihrer Freundinnen.

Sie war ohnehin heillos überfordert.

Von ihm. Seiner Präsenz.

Von seiner Wärme, die unentwegt von ihm auszugehen schien, besonders jetzt, da er hinter ihr stand und ihr an der Garderobe in ihre Jacke half.

Von seinem Duft nach Duschgel und Tannennadeln. Nach Minze und Äpfeln, zweifelsohne dem Punsch geschuldet. Ein Duft, der sie beinahe dazu verleitete, genüsslich die Augen zu schließen.

Von seiner ganzen Art. Und von seinen Blicken.

Ace Wynter sah viel zu viel. Den ganzen Abend über.

Jany hatte nicht zählen können, wie oft er sie auf diese … diese Weise betrachtet hatte. Die sie selbst nicht zu deuten wusste. Freundlich und … nachdenklich. Neugierig und zweifelnd. Innig … Als wären sie durch irgendeine Art kosmisches Band miteinander verbunden.

Verbunden? Himmel, was dachte sie da!? Das war albern! Mehr als albern! Kosmisches Band … Pah!

Jany drehte sich um.

Und trotzdem, da war er wieder dieser Blick. Der allein für sie bestimmt zu sein schien.

Ace stand lediglich ein paar Zentimeter entfernt von ihr und sah sie forschend an. Mit seinen hellbraunen, durchdringenden Augen, die ihr Herz zum Rasen und ihre Wangen zum Glühen brachten.

»Warum schüttelst du den Kopf?«, fragte er sie ganz ernst.

Hatte sie das getan? Sie konnte sich nicht erinnern.

»Ich … ich habe bloß nachgedacht.«

»Ich hoffe nicht darüber, bei mir zu kündigen?«, spaßte er, obgleich Sorge in seiner Stimme mitschwang, wenn sie sich nicht täuschte.

»Nein! Nein … Mir geht derzeit einfach vieles durch den Kopf«, lenkte sie ab.

»Wegen Mia?«, mutmaßte er und überraschte sie mit seiner Vermutung.

Er hatte es gesehen. Diesen Moment.

»Du schienst traurig«, erwiderte er leise. Zu leise. Zu vertraulich.

Ihr schwirrte leicht der Kopf.

»Es war nichts. Sie hatte sich gewundert, weil ich ihnen nichts von dir und dem neuen Job erzählt habe.«

»Verstehe. Und …« Das Warum ließ er stumm in der Luft verklingen.

»Ich wollte es nicht an die große Glocke hängen.« Jany seufzte. »Ich nahm an, dass dir das nicht recht sei, und ich … ich wollte nicht …« Jany brach ab.

»Was?«, ließ er nicht locker.

Sie lächelte verlegen. »Damit prahlen.« Und zuckte mit den Schultern.

Ace grinste unversehens. »Kann man denn mit mir prahlen?«, neckte er sie und das wiederum entlockte Jany ein Schnauben.

»Ich nehme an, die Gefahr besteht durchaus.«

Er lachte leise. »Na ja, vielleicht ein klein bisschen«, gab er reumütig zu. Sein Lachen erlosch, als sein Blick unerwartet ihre Lippen fand. Er starrte sie fasziniert an.

Ein, zwei unerträgliche Wimpernschläge, in denen Jany den Atem anhielt, vergingen.

Eilig schaute er weg. Ace wirkte mit einem Male unruhig. Wie unter Strom. Und er sah lieber überall hin, nur nicht zu ihr. Bis sein Blick urplötzlich, wie magisch angezogen, an einer Stelle des Flurs kleben blieb.

Er spähte nach oben.

Über ihre Köpfe.

Ace bewegte sich keinen Millimeter und schluckte schwer.

Was war los? Hing dort oben etwa eine Spinne? Was ließ ihn derart versteinern?

Jany schaute auf.

Ungläubig entfuhr ihr ein »Oh ...« Ihre Stimme lediglich ein Hauch.

Über ihren Köpfen hing ein Mistelzweig und mit ihm ein Versprechen. Ein verbotenes, sinnliches Versprechen, das sie allzu gern kosten wollte.

Seine Lippen auf den ihren zu spüren, wäre ... wäre ... Allein der Gedanke sandte ihr einen intensiven Schauder durch den gesamten Körper. Sie seufzte aufgewühlt.

Sogleich schoss Ace' Blick zurück zu ihr. Und zu ihren Lippen.

Jany konnte kaum mehr atmen. Keiner von ihnen sagte einen Ton.

Die Luft war schwer zwischen ihnen geworden. Da war ein Flirren. Ein Glühen. Warm und verheißungsvoll zog es sie in seinen Bann.

Sekunden starrte Ace sie nur an. Langsam hob er seinen Blick und als sich ihre Blicke begegneten, las Jany unendlich Vieles darin.

Es war, als erkannte sie sich selbst in ihm.

Ihr Verlangen. Ein Flehen. Ihr Zögern. Zweifel. Ein Drängen. Glück und Furcht. Jedoch als Jany zwischen alledem ihre Hoffnung fand. Ihre und seine. War es um sie geschehen.

Sie nickte kaum merklich, wusste nicht einmal warum, und

im nächsten Augenblick spürte sie Ace' raue Hand an ihrer Wange. Seine Lippen auf den ihren.

Sanft, weich und warm.

Ein keuscher Kuss.

Der so viel mehr sagte, als Worte je konnten.

Jany kostete ihn, fuhr mit der Zungenspitze ganz leicht über seine Unterlippe. Nicht, um ihn herauszufordern oder mehr zu verlangen. Sie tat es, weil sie nicht anders konnte.

Ace schmeckte nach Apfel, Minze und Schokolade. Aber vor allem nach süßem Apfel. Er schmeckte so verdammt gut. Sie lächelte an seinen Lippen. Er schmeckte wie nach Hause kommen.

Sex sells und Apfelkonfitüre erst recht

Ihr Boss hatte sie geküsst …

Ihr Boss hatte sie geküsst.

Ihr – Boss – hatte – sie – geküsst!

Ja, verdammt, das hatte er. Und wie!

Es war ein Kuss gewesen, wie sie ihn zuvor nie erlebt hatte.

Ein Kuss, der nach Apfel, Hoffnung und Heimat geschmeckt hatte und der, was auch geschehen mochte, für immer in ihrem Herzen fortwohnen würde.

Trotzdem, Jany seufzte, während sie in einem der Gänge von Violas Food Market zum gefühlt hundertsten Mal auf ihren Einkaufszettel schaute, um zu überdenken, was ihr noch fehlte.

Sie konnte sich einfach nicht konzentrieren. Dafür gingen ihr viel zu viele Dinge durch den Kopf. Der gestrige Abend hatte sie fest im Griff. Mit all seinen Verstrickungen und Emotionen. Inklusive der geistigen Umnebelung, die sie ab dem Moment empfunden hatte, als sie seine Lippen auf den ihren gespürt hatte.

Nachdem ihr Kuss geendet hatte, hatte sie sich wie in Trance gefühlt. Ace hatte sich lächelnd von ihr gelöst und sie recht wortkarg an der Tür verabschiedet, das wusste sie noch. Er hatte ihr einen schönen Abend gewünscht und sie war wie ein verträumtes Reh, ohne irgendetwas zu sagen, aus der

Haustür geschlüpft. Oder hatte sie ihm auch einen schönen Abend gewünscht?

Die Ungewissheit machte sie fertig.

Wie konnte ein Kuss solch eine Wirkung auf sie haben? Zumal sie ihn überhaupt nicht kannte.

Und es kam noch schlimmer. Sie hatte ihn in der Anwesenheit ihrer Freundinnen geküsst. Quasi … Weil diese nur eine Wand entfernt von ihnen ihren Punsch geschlürft hatten.

Hatten sie etwas mitbekommen? Wussten sie, was geschehen war?

O Gott … das war wirklich ein Tiefpunkt.

Vor allem, weil sie nun befürchtete, ihr Auftrag könne in Gefahr sein. Was wäre, wenn Ace den Kuss im Nachgang bereute, weil er ihm nichts bedeutete?

Was der Kuss ihr bedeutete, darüber wollte sie lieber nicht nachdenken. Ihr aufgeregtes Herz sprach Bände. Sie war durch seine sanften Berührungen geschmolzen wie eine Buttercremetorte bei dreißig Grad im Schatten. Er wusste genau, was er tat.

Verflixt! Warum hatte er es getan? Bloß, weil über ihnen ein verdammter Mistelzweig gehangen hatte?

Jany stöhnte frustriert.

Er war ihr Boss, er hätte –

Nein, sie hätte! Sie hätte verflucht noch eins nicht nicken dürfen. Es war zum Haareraufen und jetzt hatte sie den Salat.

»Meine Lieben …, das Angebot des Tages!«, erklang unvermittelt Violas kratzige Stimme durch die Flure. Die Besitzerin des Food Markets war bereits über achtzig, ließ es sich indes nicht nehmen, jeden Tag die Angebote über die blecherne Lautsprecheranlage zu verkünden.

Jany lauschte. Besser sie war abgelenkt.

»Nur heute: Die Familienpackung Double Choc Cheesecake Cookies für fünf Dollar. Ein Schnapper, meine gierigen Schokoladenfreunde.« Viola hustete. »Lasst es euch nicht entgehen. Und fröhliche Weihnachten, meine Lieben!«, fügte sie freudig an.

Schokolade … Cheesecake … Ja, die Teile konnte sie gut gebrauchen. Wen kümmerte es, dass es erst acht Uhr morgens war. Sie brauchte Zucker, einen Seelentröster, einen Rausch! Am besten gleich mehrere Packungen davon.

Ihr Handy plingte.

Egal, das konnte warten. Die Cookies riefen sie …

Wieder ein Pling.

Pling. Pling. Pling.

Himmel, was war los!? Das konnte nur ihre Büchergruppe sein.

Und so war es.

Ihre Freundinnen überschlugen sich vor Staunen und Euphorie. Schuld daran: Ein Link zu Instagram. Alma hatte ihn geteilt. Mit dem Kommentar: »Unser Archibald ist ein Gott! Schaut euch seine Story an!!!« Die Anzahl der angehängten Emojis nahm epische Ausmaße an.

Jany zögerte keine Sekunde.

Klick und sie landete auf seinem Profil.

Klick. Seine Story startete.

»Hey Leute, ich wünsche euch einen guten Morgen!«

Er zwinkerte. Mit verstrubbelten Haaren und einem Sportshirt, das mehr zeigte, als verbarg, saß Ace an seiner Kücheninsel und frühstückte.

Das Shirt war verrutscht und offenbarte definierte Brust- und Armmuskeln. Er war ein Sportler durch und durch.

Der Anblick war … Jany schluckte, hielt das Video mit ihrem Daumen an und schaute sich schnell um. Niemand musste wissen, was sie tat. Vorsichtshalber reduzierte sie den Ton und ging näher an den Bildschirm heran.

Nur um erneut festzustellen, dass Ace wirklich großartig aussah. Besonders fiel ihr dabei sein Lächeln auf. Es war nie arrogant, sondern offen und freundlich und manchmal frech. So wie sie ihn gestern in ihrer Buchrunde erlebt hatte. Und dieses Lächeln bescherte ihr Schmetterlinge im Bauch. Einen ganzen aufgeregten Schwarm davon.

»Wie geht's euch?«, fragte er in die Kamera.

Darauf biss er von seinem Toast ab. »Köstlich!«, bemerkte er. »Ich hatte einen ganz fantastischen Morgen. Erst eine kleine Trainingseinheit im Gym …« Damit meinte Ace den kleinen Raum mit Sportgeräten, den der Vorbesitzer hatte einrichten lassen, wie Jany wusste. »… Und jetzt genieße ich mein Frühstück. Eine liebe Freundin …« Wieder ein Zwinkern. »… hat mir diese Apfelkonfitüre geschenkt.« Er hielt das Glas hoch. Und zwar so, dass man das Logo des Cosy Dreams eindeutig darauf erkennen konnte. Zwei, drei Sekunden lang. »Ich sag's euch. Ich weiß nicht, wie ich bisher ohne dieses Zeug überleben konnte.« Er lachte.

Ach du heilige Scheiße!

Jany quiekte. Grinste und lachte auf. Sie konnte es nicht glauben. Er machte Werbung für sie! Für sie und für das Cosy Dreams!

Sogleich hielt er ein Buch hoch. »Für mich geht's jetzt auf die Couch. Eine Empfehlung meines Buchclubs«, deutete er an. In seinen Händen die aktuelle Lektüre ihres Clubs: Der scharlachrote Buchstabe. »Ich wünsch' euch noch was! Bis dann!« Zuletzt prostete Ace seinen Followern mit seinem Kaffeebecher zu.

Also … Also …

Jany bekam vor Staunen und Freude kaum Luft.

Wegen ihm und wegen seiner Fans.

Unten in seiner Story überschlugen sich die Leute vor Kommentaren.

»Hey, wo gibt's das Zeug zu kaufen?«

»Hast du nicht aufgepasst, Dude!? Das Glas! Im Cosy Dreams …«

»Ist sie deine Freundin«, fragte eine Frau dazwischen. »Du brichst mir das Herz. Heulendes Emoji.«

»Wo ist der Laden?«

»Kann man da auch online bestellen?«

»Ey, Alter, bist du unter die Literaturkritiker gegangen?«, spottete einer.

»Halt die Klappe, Mann!«, schimpfte ein anderer. »Ace Wynter ist ein Gott! Zwinkersmiley. Er darf und kann alles!« Das klang ganz nach Alma, allerdings war sie es nicht gewesen.

»Ich liebe Süßkram zum Frühstück. Machst du mir auch einen Toast? Zwinkersmiley. Ein Herz mit Flamme.«

Und auf die Art ging es weiter und weiter.

Erst jetzt bemerkte Jany, dass sie sich vor Schreck die Hand vor den Mund gehalten hatte.

Sie starrte auf die Kommentare. Blinzelte.

Was sollte sie jetzt tun?

Ihm folgen?

Das tat sie bislang nicht.

Sollte sie?

Warum eigentlich nicht …

Aus einem Impuls heraus drückte sie auf Folgen, ging auf Nachrichten und schrieb ihm ein simples »Danke!«

Sie grinste bis über beide Ohren, nachdem sie auf Senden gedrückt hatte. Sie wusste zwar nicht, ob er die Nachricht las oder gar verstand, dass sie es war, immerhin folgten ihm Millionen von Menschen und ihr Account war privat, aber das war ihr egal. Sie war einfach glücklich.

Denn Archibald Wynter war ein Gott.

Unverhofft kommt oft

Sie hätte es wissen müssen.

Sie hätte wissen müssen, dass dieser Tag anders werden würde, als alle anderen Tage, die sie bisher in ihrem Leben erlebt hatte.

Schon als sie zurück vom Einkaufen gekommen war, hatten Leute vor dem Cosy Dreams herumgelungert. Zunächst hatte sie sich nichts dabei gedacht. Sie war entschuldigend an ihnen vorbei durch den Eingang geschlüpft und hatte ihre Einkäufe verräumt.

Aber, als sie wie üblich das Geschäft um zehn Uhr geöffnet hatte, hatte sie begriffen, dass diese Menschen wegen ihr hier waren.

Korrektur!

Wegen ihm! Einzig und allein wegen ihm.

Es war mittlerweile später Mittag und das Cosy Dreams platzte aus allen Nähten.

Bereits um elf Uhr hatte sie begriffen, dass sie nicht mehr Herr der Lage war, und Maude kontaktiert, die eine halbe Stunde später mit einem Organisationskommando, wie sie es nannte, angerückt war.

Folglich stand Alma an der Tür und regelte den Einlass.

Ja, den Einlass!

Es war verrückt.

Gleichwohl schien Alma in dieser Rolle regelrecht aufzu-

gehen. Warm verpackt mit dicker Bommelmütze quatschte sie mit den Wartenden, die teilweise kilometerweit aus den angrenzenden Skigebieten angereist waren, und trieb ihre Späße mit ihnen.

Maude beriet derweil die Kunden und füllte Regale auf. Ihre Vorräte schwanden in einem rasanten Tempo. Die Bücher, die ihr Buchclub in einer kleinen Ecke empfahl, waren ausverkauft. Heute Abend müsste sie dringend Ware nachordern. Bei den regionalen Produkten, die die Einheimischen aus Jolly Tree fertigten, konnte dies durchaus ein Problem darstellen. Jedoch musste sie sich damit später beschäftigen. Sie selbst rotierte hinter der Kasse.

Ja, und dann war da ja noch jemand …

Die Person, der sie diese magnetische Wirkung auf ihren Laden zu verdanken hatte.

Der Mann, der eben jene Wirkung auch auf sie hatte, aus mannigfaltigen Gründen, aufgrund eines Kusses zum Beispiel, inklusive einer Horde aufgeregter Schmetterlinge, die gar nicht mehr aufhören wollten zu flattern.

Ace – wie konnte sie ihm jemals in dreitausend Jahren danken – Wynter.

Er stand neben ihr.

Während sie das Geld und die Kreditkarten entgegennahm, packte er die Einkäufe ihrer Kunden ein. Und das war, um ehrlich zu sein, nach wie vor ein Schock.

Gleich, als er im Laden aufgetaucht war, hatte er sich zu ihr hinter die Theke gesellt. – Es war gleichermaßen schön, wie bereits erwähnt, ein Schock und schlicht eine Notwendigkeit. Manche Menschen kannten offenbar kein Halten, wenn sie jemand Prominentem gegenüberstanden. Die Ladentheke stellte sozusagen eine natürliche Schutzbarriere zwischen ihm und seinen Fans dar. – Dann, ohne zu zögern und mit einem breiten, zufriedenen Lächeln auf dem Gesicht, hatte er mit angepackt.

Und hier stand sie nun, mit rosigen Wangen und leicht verschwitzt. Sie hatte seit heute früh keine Pause eingelegt. Mit Ausnahme des Kaffeekochens für ihre Helfer und der einen turboschnellen Pipipause. Heute Abend würde sie tot ins Bett fallen, was sie immer wieder zu der Frage zurückkehren ließ, warum *er* sich das antat.

Zumindest wusste Jany nun mit Gewissheit, dass ihr Kuss ihn nicht abgeschreckt hatte.

»Hast du noch Tüten?«, unterbrach Ace ihre Gedanken und deutete auf den leeren Karton, der sich versteckt unterhalb der Theke befand. Für das Cosy Dreams hatte sie schicke Tütchen aus Kraftpapier anfertigen lassen. Darauf eine wunderschöne schwarze Illustration mit ihrem Schriftzug, einem Stapel Bücher, einem dicken Marmeladenglas, das darauf thronte, sowie einem Bündel Strickzeug. Mia hatte ihr dieses Kunstwerk gezaubert. Es hing zudem als kleines Schild neben ihrer Eingangstür.

»Oh …« Jany grinste überrascht. »Ein paar müssten, glaube ich, noch da sein.«

Nachdem sie mit einem neuen Karton zurückgekehrt war, nahm Ace das Gespräch erneut auf.

»Tut mir leid, dass ich dieses Chaos verursacht habe«, entschuldigte er sich flüsternd und lächelte reumütig.

Jany sah ihn stumm an. Sein intensiver Blick nahm sie vom Fleck weg gefangen. So groß und beeindruckend er körperlich sein mochte, war da immerzu diese sanfte Seite an ihm. In seiner Nähe fühlte sie sich stets wohl. Geborgen. Beschützt. Und dann war da diese Anziehung. Eine Anziehung, die definitiv körperlich war und zugleich weit darüber hinauszugehen schien. Vielleicht war es verrückt auf diese Art über ihn zu –

»Miss! Miiiss!? Geht es jetzt endlich weiter? Mein Gott, ich habe nicht ewig Zeit«, drängelte die nächste Kundin genervt. Sie konnte es offenkundig gar nicht erwarten, dass Ace ihre Einkäufe einpackte.

Erneut schenkte Ace ihr dieses entschuldigende Lächeln.

»Natürlich, Ma'am!«, entgegnete Jany und erntete von der jungen Frau einen bitterbösen Blick, weil ihre Anrede ein viel höheres Alter implizierte.

Sei's drum.

Die Frau war unhöflich und das musste sich niemand gefallen lassen.

Und dennoch, gleichzeitig fühlte Jany einen Stich.

Bis vor einiger Zeit war sie nicht anders gewesen. Womöglich war die Frau unglücklich und wusste es nicht einmal.

Kurz entschlossen zog Jany ein kleines Goodie hervor. Eine Zuckerstange mit Bratapfelgeschmack, die eigentlich nur Kunden bekamen, die sehr freundlich waren oder einen großen Einkauf getätigt hatten, indes war sich Jany sicher, die Frau hatte diese Zuckerstange ebenso bitter nötig, wie sie vor einem Jahr.

»Hier für Sie!«, sprach sie abermals die junge Frau an und legte die Zuckerstange vorsichtig in die Tüte, die Ace bereits gepackt hatte. »Ich wünsche Ihnen eine gute Heimreise. Und fröhliche Weihnachten!« Jany lächelte mitfühlend.

Ja, irgendwie erinnerte sie die Frau tatsächlich an sie.

Verdattert sah die junge Frau sie an. »D-danke!« Sie starrte von ihr zu Ace, nahm die Tüte und ging, ohne ein weiteres Wort an sie beide zu verlieren.

Ace lupfte die Brauen. »Ich glaube, da hast du gerade jemanden bekehrt«, scherzte er leise. »Von Ebenezer zu Tinkerbell.«

Jany zuckte mit den Schultern und nahm gleich wieder ihre Arbeit auf. Ace ahnte gar nicht, wie recht er vermutlich damit hatte.

Unweigerlich fragte sie sich, was er über sie dachte, wenn er ihre Vergangenheit kannte. Sollte sie ihm davon erzählen? Sie musste, wenn dieser Kuss etwas bedeutete. War es so? Für sie jedenfalls bedeutete er eine Menge, gestand sie sich ein. Bloß jetzt war nicht die richtige Zeit, darüber nachzudenken oder zu sprechen. Sie hatten es bislang kaum geschafft, über die Renovierung seines Hauses zu sprechen, obwohl sie direkt nebeneinanderstanden. Irgendwer unterbrach sie immer. Es war aussichtslos hier zwischen Tür und Angel ein vernünftiges Gespräch zu führen.

Jany bückte sich, um eine ihr hinuntergefallene Dollarnote aufzuheben, kam hoch und stockte in der Bewegung. Vor ihr standen zwei Frauen.

Frauen, die sie allzu gut kannte. Von klein auf.

Jeder in Jolly Tree kannte sie.

Sie hatten viele Namen: Hyänen, Lästerschwestern, das Verkupplungsduo und wenn man Alma fragte, waren sie die besten Menschen auf der ganzen Welt.

Es waren Becky und Sil, die Besitzerinnen des Primrose Inns, einem schnuckeligen Bed and Breakfast auf der Primrose Lane. Almas ehemalige Arbeitgeberinnen – Alma arbeitete mittlerweile für die Firma ihres Mannes Calum Prince – waren berühmt berüchtigt in ihrem Bestreben, Leute unter die Haube zu bringen. Und dafür eine Meinung zu haben und diese nicht hinter dem Berg zu halten.

Von dem harmlosen Aussehen der über Siebzigjährigen, sie kamen ziemlich akkurat und adrett daher, Sil blond, Becky braunhaarig, durfte man sich nicht täuschen lassen.

Gleichzeitig musste Jany einräumen, dass sie sie eigentlich wenig kannte. Aber sie kannten Jany oder zumindest ihr altes Ich.

Mit wachsamem Blick begrüßte sie die beiden. Nicht auszudenken, sie machten eine unbedachte Bemerkung in Ace' Gegenwart. Oder schlimmer, sie wollten ihn verkuppeln. »Hi! Becky … Silvia. Was darf ich für euch tun?«

Becky beäugte sie einen flüchtigen Moment. Kritisch. Abwägend. Zwei, drei Sekunden vergingen.

Jany bekam einen Schweißausbruch.

Auch Ace schien Beckys Begutachtung – anders konnte Jany ihren Blick nicht benennen – nicht zu entgehen.

Mit steifem Lächeln wartete Jany darauf, dass die Lawine

über ihr zusammenbrach.

»Janine Cartwright ...« Becky schnalzte nachdenklich mit der Zunge.

O Gott! Sie würde hier und jetzt sterben. Im Erdboden versinken und niemals wieder auftauchen. Sie würde Ace nie wiedersehen ...

»Du hast dich gemacht«, bemerkte sie fröhlich und setzte urplötzlich ein zufriedenes Lächeln auf. »Sehr schön!«

Sehr schön!?

Jany blinzelte.

»Ähm, danke?«, erwiderte Jany perplex, es klang wie eine Frage.

»Sehr schön«, bestätigte indes Silvia. »Und einen gut aussehenden Helfer hast du auch«, flirtete sie unversehens mit Ace und schenkte ihm einen kecken Blick.

»Stets zu Ihren Diensten.« Ace zwinkerte und beide Ladys schmolzen dahin. Natürlich, Jany kannte seine Wirkung.

»Du kannst dich vielleicht nicht mehr an uns erinnern, mein Junge«, klinkte sich nun Becky wieder ein. »Aber wir kennen dich. Und deine Eltern. Gute Leute. Gute Leute. Wir waren bei einigen deiner Spiele. Schön, dass du in deine Heimatstadt zurückgekehrt bist. Kluge Entscheidung. Diese ganzen Großstädte sind viel zu gefährlich.«

Jany verzichtete, sie darauf aufmerksam zu machen, dass eigentlich Graceful Tree seine Heimatstadt war – wen kümmerte es.

»Ich freue mich, wieder hier zu sein. Und so nette Bekanntschaften zu schließen«, verkündete Ace und lehnte sich vertraulich zu ihnen hinüber. »Was also können wir heute für Sie tun?«

Wir? Heute?

Himmel, das hatte er nicht gesagt!

Becky und Sil tauschten neugierige Blicke.

Jany stieg Hitze in die Wangen. Eigentlich überall hin. Ihr Dekolleté brannte. Gut, dass sie einen hochgeschlossenen Pulli trug. »Die Socken hier?«, erkundigte sie sich deshalb eilig. Sil hatte das bunte Paar auf dem Tresen abgelegt. Jany fixierte es wie einen Rettungsring, traute sich nicht, in ihre Richtung zu blicken. Nirgends hin.

»Ja, bitte«, hörte sie sie locker-leicht sagen.

»Eine gute Wahl!«, bestätigte Ace. »Ich besitze ebenfalls welche. In Dunkelblau. Sehr bequem.« Ace sprach tatsächlich aus Erfahrung. Er hatte seine beim Treffen ihres Buchclubs angehabt, wie Jany öfters an dem Abend bemerkt hatte.

Warum wohl?, spottete ihre innere Stimme zuckersüß. Hatte das etwa mit seiner Schuhgröße zu tun?

Nun gut, Schuhgröße achtundvierzig brachte die Libido einer Frau ehrlich zum Nachdenken.

Oder ging es dabei gar nicht um die Schuhgröße? War es die Handfläche?

Egal, sie musste aufhören, an so etwas zu denken! Sofort!

Jany räusperte sich und wagte, aufzuschauen.

Silvia beäugte sie interessiert. »Wir hätten übrigens auch gern ein Glas deiner berühmten Apfelkonfitüre mitgenommen. Maude meinte, die Leute hätten heute früh alles weggeräubert. Jany Liebes, ist sie wirklich aus?«, erkundigte sie sich hoffnungsfroh.

Das Lob freute Jany, doch das änderte nichts an der Tatsache, dass sie ausverkauft war. »Leider, ja. Aber ich werde so schnell wie möglich Nachschub produzieren und dann stelle ich dir gern ein Glas zurück.«

»Geht das denn in deiner Behausung?«, fragte Sil ehrlich besorgt und deutete hinter Jany.

Verflixt, sie wusste es.

Sil wusste, dass sie in der Abstellkammer lebte. Herrje, wer wusste es noch? Vermutlich die gesamte Stadt. Vorsichtig wanderte Janys Blick zu Ace, der die Stirn runzelte.

»Du wohnst dahinten?«, schlussfolgerte er und wirkte ein wenig bestürzt. »Wie? Wo?«

Himmel, war das peinlich … Vor allem, weil weit mehr

Leute um sie herumstanden und lauschten. »Ja, ich wohne dahinten. Ich habe mir eine alte Kammer zu einem Wohnraum umgebaut«, gestand sie scheu. »Ich habe eine kleine Küchenzeile und ein Bad. Mit Dusche«, beeilte sie sich zu sagen. »Es ist klein, aber es reicht mir. Und …«

Augenblicklich stutzte Jany über sich selbst. Warum in drei Teufels Namen schämte sie sich für ihr Leben? Dafür gab es keinen Grund. Ihr Leben war großartig. »Ich wohne dort, weil ich mir zusätzlich zu der Miete für den Laden derzeit keine eigene Wohnung leisten kann. Und das ist nichts, weswegen ich mich schämen sollte. Mein Traum ist dieser Laden und ich tue alles dafür, dass er erfolgreich wird. Und wenn das heißt, dass ich dafür ein paar Monate wie eine Maus in einem Schuhkarton hausen muss, dann ist das eben so. Ich bin eine Geschäftsfrau und kämpfe für meine Ziele!«

»Hört, hört!«, lobte Becky und klopfte zustimmend auf die Tischplatte.

»Hört, hört!«, stimmte Silvia zu.

Indes sah Jany nur Ace an. Zaghaft, wenngleich herausfordernd hob sie das Kinn. Wenn er mit der Wahrheit nicht umgehen konnte, war das sein Problem. Dann war er eben nicht der Richtige für sie. So traurig sie der Gedanke auch stimmte.

Einen Moment betrachtete Ace sie eindringlich, als studierte er ihr Gesicht, als fragte er sich, wer sie wirklich war, und ganz langsam stahl sich wieder dieses eine Lächeln auf sein Gesicht. Dieses Lächeln, das allein für sie bestimmt zu sein schien. In aller Ruhe lehnte er sich zu ihr vor und flüsterte ihr mit tiefer Stimme ins Ohr: »Du bist eine bemerkenswerte Frau, Jany Cartwright. Ich hoffe, du weißt das.«

Schatten der Vergangenheit

»Ich danke euch! Ich danke euch so sehr! Ich weiß gar nicht, wie ich mich je für eure Hilfe revanchieren kann«, verabschiedete Jany ihre Helfer an der Tür des Cosy Dreams.

Draußen war es bereits dunkel. Schneeflocken tanzten im Schein der vielen bunten Lichter der Einkaufsstraße. Es war eisig.

Schutzsuchend vor der Kälte zogen die Frauen in ihren dicken Jacken die Schultern hoch.

»Da wird uns sicherlich etwas einfallen«, verkündete Alma grinsend und hakte sich bei Mia unter, die am späten Nachmittag ebenfalls zu ihnen gestoßen war und mitgeholfen hatte. Mit Maude im Arm schlenderten sie los.

»Bis morgen, Liebes!«, rief Maude ein letztes Mal über die Schulter und drehte sich kurz lächelnd zu ihr um. – Maude würde ihr auch morgen zur Seite stehen.

Jany konnte gar nicht dankbarer sein.

»Ladys, einen schönen Abend!«, wünschte Ace. Rührte sich jedoch keinen Millimeter.

Was hatte er vor?

Würde er nach Hause gehen oder noch aus?

Sie vermisste ihn jetzt schon, gestand sie sich ein, obgleich sie nahezu den ganzen Tag miteinander verbracht hatten.

Ein gemeines Stimmchen in ihrem Kopf flüsterte, gewiss würde er ausgehen und in einer Bar Anschluss finden.

Jany wollte gar nicht darüber nachdenken, was das bedeutete. Ihr Magen krampfte sich bei der Vorstellung, er könne eine andere Frau kennenlernen, schmerzhaft zusammen.

Sie hingegen musste weiterarbeiten: Waren nachordern, aufräumen, putzen, die Kasse checken und irgendwann, bevor sie tot ins Bett fiel, eine Kleinigkeit zu sich nehmen. Gleichzeitig wollte sie sich nicht beklagen. Es war ein toller Tag gewesen, an dem sie mehr verdient hatte, als in den vergangenen zwei Wochen. Sie könnte sich etwas liefern lassen. Sozusagen zur Feier dieses Tages. Das war sonst nicht drin.

Wie aufs Stichwort ergriff Ace das Wort: »Hast du vielleicht noch Lust, mit mir einen Happen essen zu gehen? Ich habe einen Bärenhunger. Und du doch bestimmt auch.«

Ace lächelte derart einladend, dass Jany gar nicht Nein sagen konnte. »Okay, aber ich lade dich ein«, beeilte sie sich zu sagen – das war das Mindeste, was sie tun konnte – und fragte sich aufgeregt, ob das nun ein Date war. »Ich hole nur schnell meinen Mantel.«

Ein paar Minuten später hatte Jany die Lichter im Laden gelöscht und abgeschlossen. Gemeinsam schlenderten sie die Einkaufsmeile, die Bellflower Lane, entlang. Quer über die Straße, von Haus zu Haus waren Lichterketten gespannt. Im Abendlicht ließen sie die herunterfallenden dicken Schneeflocken umso herrlicher glitzern. Ein buntes Funkeln erfüllte die Straße. Aus manchen Geschäften drangen fröhliche Weihnachtslieder, die Menschen lachten und trugen schwere Tüten an ihren Händen. Bald war Weihnachten. In der einen oder anderen Tüte schlummerten ohne Frage hübsch eingepackte Geschenke.

Jany grinste. Denn sie hatte ihr Weihnachtsgeschenk unlängst erhalten. Ace hatte ihr dieses Geschenk gemacht und vermutlich wusste er es nicht einmal. Er hatte dafür gesorgt, dass das Cosy Dreams weit über die Grenzen von Jolly Tree an Bekanntheit erlangt hatte. Ob diese anhielt, stand auf einem anderen Blatt Papier geschrieben, nichtsdestotrotz war es für sie ein kleines Wunder.

»Woran denkst du?«, wollte Ace unvermittelt wissen.

Jany blickte zu ihm auf.

Neugierig betrachtete er sie. Er ließ sie tatsächlich nie aus den Augen. Aber warum, war ihr nicht klar. Er hatte sie geküsst. Schön und gut. Danach allerdings hatte er nichts weiter versucht.

Sie gingen dicht nebeneinander her, berührten sich jedoch nicht. Nie.

Dabei hätte sie sich gern bei ihm untergehakt, ihre Hand mit der seinen verschränkt und sich an ihn gekuschelt. Doch sie würde niemals den ersten Schritt wagen, nicht wenn sie sich nicht sicher war, dass er ebenfalls interessiert war.

Sie seufzte leise und lächelte. »Ich denke, dass ich sehr dankbar bin. Für deine Hilfe und die des Buchclubs. Ohne euch hätte ich den Tag heute niemals überstanden.«

»Dafür musst du mir nicht danken. Schließlich war ich schuld an dem Chaos.« Ace zog eine Grimasse. Ihm war dies offenbar wirklich unangenehm. – Mit seiner Instagramstory hatte er ihr helfen wollen, allerdings mit dieser Flut an Menschen hatte wohl keiner von ihnen gerechnet.

Davon abgesehen würde er gewiss zum Ehrenbürger ernannt werden. Ganz Jolly Tree war aus dem Häuschen. Die Aufmerksamkeit half nicht nur ihr, sondern gleichfalls allen anderen Ladenbesitzern.

»Ach, was! Ich bin dir für dieses Chaos dankbar. Sehr sogar.«

Ace zog skeptisch eine Braue hoch.

»Das hilft uns allen. Und mein Laden lief bis gestern nicht gerade besonders«, gestand sie. Ihre Stimme war zuletzt zunehmend leiser geworden. Jany räusperte sich. »Es ist nicht leicht, ein Geschäft über die Stadtgrenzen hinaus bekannt zu machen. Allein hätte ich das niemals geschafft. Ich hoffe, du weißt das.«

Ace zuckte leichthin mit den Schultern. »Für Freunde tut

man so was, oder?«

Freunde!? Waren sie Freunde?

Herrje, Jany wusste nicht, was sie waren. Aus ihrer Sicht hatten sie die Friendzone irgendwie schon übersprungen. Oder bildete sie sich das Ganze ein? Himmel, dieser Kuss. Sie spürte ihn noch immer in jeder Faser ihres Körpers. Als hallte er darin nach, damit sie ihn bloß niemals vergaß …

Hin oder her, sie musste etwas erwidern.

»Ich bin mir sicher, dass nicht jeder so denkt wie du, Archibald Wynter«, sagte sie und betonte dabei spaßhaft seinen vollen Vornamen, um die Situation aufzulockern. Hauptsächlich um ihrer selbst willen. Ace schien wie ehe und je die Ruhe selbst.

Wie machte er das?

Sie bekam in seiner Gegenwart regelmäßig feuchte Hände, er war die Coolness in Person. Wenn sie sich nicht täuschte. Denn mit ihrer Bemerkung schien sie ihn aus der Reserve gelockt zu haben.

»Oho! Archibald, ja!?« Resigniert grinsend zog er eine Schnute. »Ich kann nicht behaupten, Archibald zu mögen«, gab er zu.

»Archibald klingt total süß!«, ließ sie ihn wissen, nur um ihn zu ärgern. Sie hatte keine Ahnung, was sie gerade ritt, gleichwohl fühlte es sich gut an. Als würde plötzlich sprudelndes, kribbelndes Glück durch ihre Adern fließen, wie Jahre nicht mehr. »Und sehr gebildet«, verkündete sie bemüht ernsthaft. »Wie ein grauhaariger Professor in Cambridge. Mit einem Monokel auf der Nase. So im neunzehnten Jahrhundert.« Sie musste sich bemühen, sich ein Lachen zu verkneifen.

Ace tat so, als würde er schmollen.

»Im Ernst, ich mag deinen Namen sehr gern«, gab sie preis, weil sie nicht gemein sein wollte. Nie mehr. »Er … er passt zu dir«, ergänzte sie. Ihre Stimme mit einem Male lediglich ein Hauch.

Und von jetzt auf gleich war die Neckerei verflogen. Himmel, was hatte sie da gesagt? Es hatte geklungen wie … wie …

Ace blieb stehen und wurde ganz ernst. »Weil ich wie ein grauhaariger Professor aussehe?« Er forderte sie heraus. Er forderte sie heraus, ehrlich mit ihm zu sein. Mit ihm. Der Situation. Wegen dem, was unaufhörlich zwischen ihnen schwelte und Jany nicht losließ.

Sie schluckte und rang mit ihren Händen, die in dicken Wollhandschuhen steckten. Dann sah sie ihm direkt in seine wunderschönen Augen und Mut ergriff von ihr Besitz.

Wenigstens einmal in ihrem Leben wollte sie sich nicht verstecken. Sich im freien Fall in ein Abenteuer stürzen. In der Hoffnung, Glück zu finden und nicht am Boden zu zerschellen und mit ihr ihr Herz. »Nein …« Sie schüttelte lächelnd den Kopf. »Er passt zu dir, weil er nach einem klugen Mann klingt. Aufmerksam und interessiert. An der Welt und an seinen Mitmenschen. Freundlich und mitfühlend. Ehrgeizig, stark, mit dem Herz am rechten Fleck. Ein Mann …« Sie holte tief Luft. »… den ich sehr gerne kennenlernen würde.« Damit endete ihr Geständnis und ihr fiel auf: Ganz unbewusst hatte sie ihn beschrieben, so, wie sie ihn sah. Nicht seinen Namen.

Ahnte er es?

Jany beobachtete ihn.

Ace blinzelte erstaunt, was er selten tat, indes nur flüchtig. Und dennoch, für einen winzigen Moment hatte er seine Überraschung über ihre Worte nicht verbergen können.

Jany rechnete schon damit, dass er zur Flucht ansetzte. Er tat das genaue Gegenteil.

Ace lehnte sich zu ihr und flüsterte: »Ja, dann …« Galant hielt er ihr seinen Arm hin und grinste verwegen. »Darf ich bitten, Miss Cartwright?«

Jany ließ sich von seinem Grinsen anstecken und hakte sich bei ihm unter.

Keine Sekunde später hielt sie in der Bewegung abrupt inne und stoppte damit auch Ace.

Er wollte …

Nein! Das war unmöglich!

Jany bekam Panik, als sie begriff, vor welchem Geschäft sie zum Stehen gelangt waren und in das Ace sie gerade hineinführen wollte. Sie war derart in Gedanken gewesen, so auf ihn fokussiert, dass sie es nicht bemerkt hatte.

Sie standen vor dem ältesten Diner der Stadt. Genauer gesagt vor Bo's Diner.

»Was ist? Hast du keine Lust auf Burger?«, erkundigte sich Ace verdutzt. »Ich meine mich zu erinnern, dass du heute Nachmittag davon geschwärmt hast. Und von einer Riesenportion Pommes und einem Zitronen-Milk-Shake«, neckte er sie.

Jany rührte es, dass er all dies behalten hatte, jedoch kam dieser Laden nicht infrage. Nicht in einer Millionen Jahre. Bloß, wie sollte sie es ihm erklären?

»Doch sicher! Ähm, wäre es vielleicht in Ordnung, wenn ich hier draußen warte, während du bestellst? Wir könnten uns was holen und bei mir im Laden essen«, schlug sie eilig vor. Sie musste hier schnellstmöglich verschwinden.

Ace zuckte mit den Achseln. »Sicher, wenn dir das lieber ist. Aber bitte komm mit rein. Hier draußen holst du dir den Tod.«

Dort drinnen auch, dachte sie ängstlich. Bo Derriksons Augen hatten sie schon das eine oder andere Mal erdolcht. Es gab niemanden in Jolly Tree, der sie mehr hasste.

Zurecht …

Allein der Gedanke an seine Tochter, an all die Erinnerungen bescherte ihr einen dicken Kloß im Hals.

Doch das konnte sie Ace nicht sagen. Wie? Er würde nie wieder etwas mit ihr zu tun haben wollen.

»Jany, alles gut?«, erkundigte sich Ace jetzt besorgt.

»Ja … Ja …«, winkte sie ab und entschied, sich ihrem Schicksal zu ergeben. Jany setzte ein falsches Lächeln auf, in der Hoffnung, dass Ace nichts bemerkte. Nicht minder hoffte sie, dass das Schicksal ihr hold war und Mr Derrikson heute nicht hinter dem Tresen stand. Das war die einzige Möglichkeit, den Abend unbeschadet zu überstehen. Ihre einzige Chance.

Bo's Diner war den fünfziger Jahren entsprungen, Bo Senior hatte es erbaut und genau so sah es heute noch aus. Helle Gelb- und Blautöne bestimmten das schlauchartig angelegte Restaurant. Entlang der ellenlangen Theke saßen etliche Gäste bei Fast Food und Drinks. Über die Jukebox lief der Elvis Presley-Klassiker *Are You Lonesome Tonight?* und an den Wänden leuchteten Neon-Reklame-Schilder.

Jany war Jahre nicht mehr hier gewesen und dennoch erinnerte sie sich an jedes Detail. Und an Amy. Bauchschmerzen vertrieben jegliches Hungergefühl.

Ace steuerte die leere Kasse an. Derzeit schienen alle Mitarbeiter in der Küche beschäftigt zu sein.

»Ich glaube, mir reicht eine Pommes und eine Cola«, entschied Jany hastig, weil ihre Panik unversehens zunahm. Sie stand wie auf dem Präsentierteller. Jeder konnte sie sehen und jeder starrte sie an. Natürlich, neben ihr stand Ace. Sie musste hier weg. »Ich schaue mal kurz da drüben«, verkündete sie und deutete auf das schwarze Brett mit Gesuchen und Angeboten von Einheimischen direkt am Eingang.

Dort angekommen fühlte sie sich deutlich sicherer. Hier konnte sie sich klein machen und fiel niemandem auf.

Was Ace über ihr merkwürdiges Verhalten dachte, wollte sie lieber nicht wissen. Deshalb sah sie ihn auch nicht an.

In ihrem Rücken hörte sie Schritte laut werden. Gleich mehrere Paare.

»Was kann ich für Sie tun?«, vernahm sie eine freundliche Frauenstimme.

Gott sei Dank, es war nicht Mr Derrikson.

Gedämpft hörte sie, Ace ihre Bestellung aufgeben. Bis er sie plötzlich über das Gemurmel hinweg rief. »Jany?«

Nein! Nein, nein, nein …

Jany verkrampfte sich.

Das war genau die Art von Aufmerksamkeit, die sie hatte vermeiden wollen.

Zögernd drehte sie sich um. Wenn sie es nicht tat, rief er ein zweites Mal. Mit gesenktem Haupt ging sie auf ihn zu. »Ja?« Sie versuchte zu lächeln. Schaute allein ihn an.

»Möchtest du etwas auf deinen Pommes drauf?« Ace machte mittlerweile einen besorgten Eindruck.

Verdammt, verdammt! Das machte alles nur schlimmer. Die Frage und seine Sorge. »Nein, nein danke«, beschloss sie hektisch. Sie musste schleunigst von hier fort. Ihr war übel, sie fühlte sich schuldig und ihr Kopf war zu einer einzig pochenden Masse mutiert. Stress löste häufig Kopfschmerzen bei ihr aus. Schlagartig konnte sie keinen klaren Gedanken mehr fassen.

Und das Schicksal hatte an diesem Abend noch weitaus mehr mit ihr vor.

»Die bekommt hier nichts!«, peitschte jäh eine Stimme durch das Diner.

Jany schloss erschöpft die Augen. Sie hätte es wissen müssen. Sie hätte niemals das Diner betreten dürfen.

»Wie bitte, Sir?«, empörte sich Ace neben ihr. Jany konnte den Ärger in Ace' Stimme deutlich hören. Auf die Art hatte sie ihn zuvor nie erlebt. Sie blickte auf. Ärgerlich betrachtete er Mr Derrikson, der sich neben der Servicekraft wie ein Bulle aufgebaut hatte.

Jany hatte ihn Jahre nicht gesehen. Er war älter geworden. Dünner. Graue Strähnen durchzogen an den Schläfen sein braunes Haar. Jedoch seine Wut auf sie war geblieben. Sein Blick ließ sie beinahe zusammenzucken, indes bemühte sie sich, Haltung zu bewahren. Sie spürte Tränen in ihren Augen hochsteigen.

Schmallippig wandte sich Mr Derrikson an Ace. »Sie können hier etwas bestellen, aber die … die nicht!«, spie er aus, als wäre sie ein Insekt, das zerquetscht gehörte.

Und wieder ein Todesblitz genau in ihre Richtung.

Ace folgte ihm. Flehte stumm und stirnrunzelnd nach einer Erklärung von ihr.

»Ist schon gut. Ich gehe besser«, erklärte Jany und schenkte ihm ein müdes Lächeln. Sie musste fort.

»Passen Sie gut auf, mit wem Sie sich da einlassen«, warnte Mr Derrikson barsch. »Sie ist eine Schlange. Eine gemeine Schlange. Schauspielerin, durch und durch. Machthungrig und versessen auf Geld. Kleine Leute wie wir interessieren sie nicht. Und liebe Menschen, die sich ihr in den Weg stellen, tja … den traurigen Rest erspare ich Ihnen lieber, mein Junge.«

Ace' fassungsloser Blick wanderte von ihm zu ihr. Er schien regelrecht verstört durch Mr Derriksons Anschuldigungen. »Jany?«

Ein Wort. Eine Bitte, ihm all dies zu erklären. Sie sah es in seinen aufgewühlten Augen.

Sie konnte nicht.

Ein Kloß im Hals erschwerte ihr nicht nur das Sprechen, sie konnte kaum atmen. Ihr war heiß und kalt zugleich.

Die Stimmen aus der Jukebox waren verklungen. Die Menschen hatten ihre Gespräche unterbrochen. Besteck war niedergelegt worden.

Jeder, wirklich jeder im Diner starrte sie an.

»Überlegen Sie nur, mit wem sie befreundet ist«, beschloss Bo Derrikson einen draufzusetzen. »Maude Wilder, erfolgreiche Unternehmerin. Mia Wilder, ihr Mann ist ein gefeierter Bestseller-Autor. Und Alma Prince. Ihr Ehemann ist −«

»Calum Prince«, beendete Ace den Satz für ihn. Leise, nachdenklich. In seinen Augen flackerte so etwas wie Erkenntnis.

»Genau! Der Prinz von Vermont! Steinreich und mit Kontakten bis ins Weiße Haus. Irre ich mich oder steckt dahinter System?«

Aber so war es nicht!, schrie Jany stumm, zu erschöpft, zu traurig, um ein Wort über die Lippen zu bringen. So war es nicht. Nicht mit ihnen …

Mr Derrikson grinste diabolisch. Er wusste, er hatte Ace.

Und Jany erkannte in dieser Sekunde, sie hatte ihn verloren. Für immer verloren.

Augenblicklich trat Ace einen Schritt zurück.

Kummervoll sah Jany ihn an. Es gab so vieles zu sagen. Mr Derrikson hatte mit so vielem recht und mit so vielem unrecht. Bloß spielte das nunmehr keine Rolle. Oder?

Jany wusste es nicht. Sie konnte nicht klar denken.

Ace' Blick war leer. Undeutbar. Seine Miene eine stahlharte, undurchsichtige Wand.

Und dieser Anblick brach Jany schier das Herz.

Weil er, obwohl er vor ihr stand, fort war. Weit weg.

Weil er sie nicht kannte und sie nie, nie, nie kennen würde.

Ihre Begegnung war hier und jetzt vorbei.

Ihr Wimpernschlag des Glücks war vorbei … und sie hatte es nicht anders verdient.

Wortlos wandte sie sich zum Gehen, hielt nur eine Sekunde inne. »Leb wohl, Ace«, kam es ihr flüsternd über die Lippen. Dann setzte sie einen Fuß vor den anderen, verließ das Diner und rannte. Rannte und rannte. Mit Tränen verhangenem Blick der Einsamkeit entgegen.

Santa kann es nicht lassen …

Das Schicksal hatte einen verdammt harten rechten Haken.

Die letzten zwei Nächte hatte sie durchgeheult und diese Nacht würde keine Ausnahme darstellen.

Wieder und wieder hatte Jany durchgespielt, was schiefgelaufen war. Tat es jetzt, wo sie auf dem Weg zu dem kleinen Weihnachtsmarkt war, der jedes Jahr an einem langen Wochenende vor Weihnachten auf dem Rathausplatz stattfand.

Sie wollte nur kurz hin, um sich eine Leckerei zu besorgen. Nach dem Motto: Kopf einziehen, von niemandem gesehen werden, Gebrannte Mandeln kaufen und verschwinden.

Der Schnee knirschte laut unter ihren Stiefeln bei jedem Schritt. Es schneite und schneite und die dicken Wolken im letzten Abendrot versprachen weitere Schneemengen. Das war Vermont. Ein Grund, warum sie am liebsten nie von hier wegwollte. Wären da nicht … Wären da nicht all die Schatten der Vergangenheit, die sie selbst geschaffen und sich nicht verzeihen konnte.

Sollte sie besser fortgehen? Woanders einen Neuanfang wagen?

Allerdings hieße das, sie müsste das Cosy Dreams aufgeben, und das brachte sie nicht übers Herz.

Na ja, vielleicht nahm ihr das Schicksal auch dies ab. Wer wusste es schon. Obgleich sie den Ebenezer Scrooge tief in ihr Innerstes verbannt hatte und ihn nie wieder das Licht der Ta-

geswelt erblicken lassen wollte.

Aber vielleicht … ganz vielleicht war das Cosy Dreams, wie sie von Anfang an gehofft hatte, ihre zweite Chance. Den Buchclub und ihre neuen Freundschaften eingeschlossen.

Bloß …, gehörte Ace ebenfalls dazu?

Verdammt, warum hatte sie im Diner nichts gesagt? Sie hätte sich erklären können!

Nein, das hätte sie nicht, vor all den Leuten.

Und da war ja auch noch sein Blick gewesen. Ace hatte Bo Derrikson geglaubt und sie konnte es ihm nicht verdenken. Sie war selbst schuld. Denn am selben Nachmittag war sie es gewesen, die laut verkündet hatte, was für eine tolle Geschäftsfrau sie doch sei: *»Mein Traum ist dieser Laden und ich tue alles dafür, dass er erfolgreich wird.«*

Sie tat *alles* … Sich bei einflussreichen Menschen einschleimen und Ace Wynter, den gefeierten Footballstar, umgarnen. Und oh ja, wie war er ihr in die Falle getappt. Mit einem schiefen Lächeln und einem Glas Marmelade auf Instagram. Das musste er doch denken. Oder …?

Dachte er all dies wirklich über sie?

Sein Lächeln … dieses eine Lächeln hatte sie anderes vermuten lassen. Jedes Mal, wenn er sie auf diese Weise angeschaut hatte, hatte sie geglaubt, dass er sie sah. Wer sie wirklich war. Zählte dies nicht?

Jany schüttelte kraftlos den Kopf. Sie war zu müde, zu ausgelaugt, um über all dies klarzukommen.

Die vergangenen Tage waren die kräftezehrendsten ihres gesamten Lebens gewesen. Körperlich und emotional. Nach der Geschichte im Diner hatte sie Maude abgesagt und ihr mitgeteilt, dass sie keine Hilfe bedurfte. Maude war selbst Unternehmerin und musste sich um ihre eigenen Angelegenheiten kümmern. Daran hätte sie denken sollen. Sie hatte sie nicht ausnutzen wollen. Weshalb sie ihr zum Dank einen Weihnachtsstern von Betty Blooms Flower Shop hatte schicken lassen. Ebenso Alma. Mia bekam stattdessen eine Schachtel mit

Zuckerstangen. Jany hatte befürchtet, dass Mias Kater Fox sich die Pflanze hätte schmecken lassen können. Das Letzte, was sie wollte, war, schuld am Tod einer Katze zu sein.

Demnach hatte sie die vergangenen Tage allein verbracht. Keine Ahnung, wie sie die Heerscharen an Kaufwütigen allein hatte bewältigen können, wobei der Ansturm bereits an diesem Nachmittag nachgelassen hatte, als sich rumgesprochen hatte, dass Ace nicht mehr da war.

Nein …, er war nicht mehr da. Und sie vermisste ihn.

Dies würde ein einsames Weihnachtsfest werden.

Warum hatte sie sich überhaupt erlaubt davon zu träumen!? Von ihm, einem gemeinsamen Fest und … einer gemeinsamen Zukunft.

Wenigstens gab es diesen Ort, dachte Jany ein klein wenig hoffnungsvoller, wie sie den kleinen Weihnachtsmarkt erblickte.

Unter einem Meer aus Lichterketten, als Sternenhimmel konzipiert, standen diverse Holzbuden in dunklen Rot- und Grüntönen auf dem Rathausplatz versammelt. Eine Tradition, die sie einer Vorfahrin mit europäischen Wurzeln verdankten und die ihnen jedes Jahr Gebrannte Mandeln bescherte, Paradiesäpfel, Grillwürstchen, Kinderspielzeug und vieles mehr. Zwischen den Buden tummelten sich etliche Schaulustige.

Jany seufzte.

Dieser Anblick im Schnee war wunderschön. Ein wahr gewordenes Winter Wonderland.

In dem sie vielleicht gar nicht so schnell auffiel. Nicht mit einer Kapuze über dem Kopf.

Das erste Mal an diesem Tage lächelte Jany, ein ehrliches Lächeln.

Eilig ging sie auf die erste Bude zu. Beim Anblick der bunten Auswahl von Schneekugeln atmete sie auf. Schneekugeln … Von Schneekugeln konnte man nie genug haben. Schmunzelnd ging sie weiter und entdeckte den Stand mit den Gebrannten Mandeln. Sie bestellte eine große Portion und bezahlte.

Ihr Abend war gerettet.

Dachte sie.

Als sie sich umdrehte, starrte sie unversehens in die kühlen Augen ihres –

»Dad!?«, kam es ihr erstaunt über die Lippen. »Mom!«, ergänzte sie gefasster.

Ihre Mutter nahm sie sofort am Arm und zog sie auf die Seite.

Wiedersehensfreude?

Fehlanzeige!

Jany war ihren Eltern ein paar Monate aus dem Weg gegangen, über ein Jahr, um ehrlich zu sein. Und sie hatten ihrerseits auch keine Anstalten gemacht, auf sie zuzugehen. Eine Auseinandersetzung über ihre Zukunftswünsche hatte sie entzweit.

Ihr Vater wie eh und je im Anzug, darüber ein offenstehender Mantel, der klirrenden Kälte zum Trotz, funkelte sie übellaunig an. Ihre Mutter tat es ihm nach und musterte sie – wie konnte es anders sein – von oben bis unten äußerst kritisch. Sie trug einen knielangen Mantel, darunter gewiss ein Kostüm. Ihre Beine waren nackt unter der dünnen Strumpfhose. Mit High Heels stapfte sie durch den Schnee.

Jany wunderte es nicht, empfand dennoch Mitleid, weil ihre Mutter höllisch frieren musste. Sie selbst trug das, was sie eben trug. Eine lange, dicke Daunenjacke, die Kapuze weit ins Gesicht gezogen. Lediglich ihr regenbogenfarbener Schal lugte hinaus und ihre Boots.

Für ihre Mutter ein inakzeptabler Anblick und damit hielt sie nicht hinter dem Berg. Obgleich Jany etwas darüber hinaus in ihrem Blick zu sehen glaubte.

Kummer …

Ihre Mutter vermisste sie. Bloß, die alte Jany gab es nicht mehr.

»Da hast du uns ja zwei tolle Tage beschert«, klagte sie

jetzt ihr Vater hochmütig an. Kein Hallo. Kein Wie geht's. So war es ihr ganzes Leben.

Jany blieb gelassen. Sie kannte es nicht anders. »Inwiefern?«

»Dein Auftritt in Bo's Diner … Es ist Stadtgespräch«, klärte er sie auf und übertrieb dabei schamlos.

Sie war nicht Stadtgespräch.

Vielleicht ein klein wenig. Maude und die anderen hatten ihr deswegen geschrieben. Jany hatte es abgetan. Sie hatte nicht darüber reden und sie damit belasten wollen.

Gleichwohl tat es weh, seine giftigen Worte zu hören.

Ihr Vater hatte schon immer das Geschick besessen, den Finger genau in die Wunde zu legen. Und zwar stets am tiefsten Punkt, gewürzt mit einer Prise Übertreibung. Damit die Wunde ordentlich zwiebelte und er sein Ziel nie verfehlte: Sie kleinzuhalten. Traurig war, sie hatte Jahre gebraucht, sein toxisches Verhalten zu erkennen und zu verstehen.

Jany schluckte und bemühte sich, ruhig zu bleiben. Am liebsten hätte sie geweint, bei all den Gefühlen, die hochzukochen drohten. Und geschrien, weil er einzig und allein den Klatsch sah. Es interessierte ihn nicht, was dies mit ihr machte. Nein, allein der Ruf der Familie zählte. Zu der sie jedoch nicht mehr gehörte, wie sie beschlossen hatte. Sie räusperte sich.

»Ich weiß nur nicht, warum dich das belastet. Wie ich annehme, sind die Leute in Scharen zu dir an den Schalter geströmt. Bestimmt hast du gleich ein paar lukrative Geschäfte getätigt.«

Ihr Vater besaß wirklich den Nerv zu grinsen. »Mein Aktiengeschäft läuft nach wie vor ausgezeichnet«, prahlte der Banker in ihm. Ihre Eltern besaßen eine gut gehende Investmentbank in Jolly Tree. Die einzige im Ort.

»Trotzdem, wir Cartwrights sind nicht Teil von Klatsch und Tratsch«, klinkte sich ihre Mutter ein. »Nie! Derartiges gehört sich einfach nicht, Schätzchen«, maßregelte ihre Mom sie in ihrem typischen Ton. Eine Mischung aus Zuckerbrot und Peitsche.

Jany schnaubte. Das war also das Erste, was ihre Mutter nach all der Zeit zu ihr sagte. Und zu ihr hatte sie ein weitaus engeres Verhältnis gehabt. Sie fragte nicht, wie es ihr ging. Interessierte sich nicht für ihr Geschäft. Nicht mal zur Eröffnungsfeier war sie gekommen. Vermutlich war das Cosy Dreams für sie ein Witz. Jany verstand ihre Eltern einfach nicht. Maude war vor Stolz geplatzt, als sie das Cosy Dreams eröffnet hatten, und sie war keine Blutsverwandte. Sie war eine Freundin. Aber vielleicht zählte Freundschaft mehr als Familienbande, die oftmals nur erzwungen weiterexistierten. Vielleicht musste sie das einfach nur endlich mal begreifen.

Es … zulassen …

Ja!

Und plötzlich … ganz plötzlich kehrte Ruhe in Janys aufgewühltes Herz. Ruhe …

Die Traurigkeit blieb, das konnte sie nicht leugnen, trotzdem wurde ihr leichter ums Herz.

Leichter, weil sie wusste, dass sie die Bürden der verqueren Denkweisen ihrer Eltern nicht mehr mittragen musste.

Sie blickte in das strenge Gesicht ihres Vaters, der sich wohl nie ändern würde, und in das sorgenvolle ihrer Mutter. So leid es ihr tat, sie waren schlichtweg Menschen, die nicht zueinanderpassten.

Es war schade, dass sie so lange gebraucht hatte, dies zu begreifen und um zu verstehen, dass es okay war, dies zu denken. Ihre Eltern lebten ihr Leben und sie das ihre. Es ging nicht um besser oder schlechter, höher oder weiter, sondern darum, ein zufriedenes und wenn möglich glückliches Leben zu führen.

Ja …

Und zufrieden, das wollte sie sein. Das war sie!

Allerdings … mit einem gewissen Jemand an ihrer Seite konnte sie sogar … glücklich werden.

Nur mit ihm!

»Gut, ich muss dann jetzt weiter«, beschloss Jany unverzüglich und lächelte ihren Eltern zu. »Ich wünsche euch einen schönen Abend.«

Ihre Mutter blinzelte verdattert. »Du … du willst schon gehen?«, fragte sie und Jany meinte, unvermittelt den leisen Anflug eines Zitterns in ihrer Stimme zu hören.

Sie zögerte kurz, bevor sie zu reden begann. »Mom, ich bin schon vor einem Jahr gegangen und ihr habt es nicht bemerkt«, erwiderte sie flüsternd und drückte mitfühlend ihre Hand. »Aber weißt du was! Da gibt es dieses Geschäft auf der Bellflower Lane. Da kannst du mich finden. Jederzeit.« Jany grinste verschwörerisch. – So war das eben mit der Hoffnung, die starb wirklich nie.

»Dad, mach's gut!« Mit diesen knappen Worten drehte sich Jany hastig um, ging ein paar Schritte und prallte mit jemandem zusammen.

Jemand, der sie hielt, als sie drohte zu fallen, mit seinen starken Armen.

Jany erkannte ihn sofort und wusste nicht einmal warum.

Weil dein Herz ihn spürt, flüsterte ihr ein leises Stimmchen zu. Und das war die reinste Wahrheit.

Sie sah zu ihm auf, sein Gesicht lediglich Zentimeter von ihrem entfernt. In seine gütigen, hellbraunen Augen. Sie spürte seinen Atem auf ihrer Haut.

»Wir sollten reden.«

Mitten ins Herz

Ace stand vor ihr und sah genau so aus, wie sie sich fühlte.

Aufgewühlt.

Aber nicht wütend …

Aufgewühlt. Erstaunt. Fragend.

Aber nicht wütend!

»Kommst du mit?«, bat er mit seiner warmen, tiefen Stimme und klang beinahe unsicher.

Das fragte er noch!?

Natürlich, sie wollte nichts lieber.

Und deshalb tat Jany das, was sie in diesem Moment fühlte, und ergriff seine Hand.

Keine Sekunde später verließen sie gemeinsam den Weihnachtsmarkt und zehn Minuten darauf, voller unruhigem, aufgeregtem Schweigen, kamen sie bei ihm zu Hause an.

Ein Ort, den Jany liebte.

Erst jetzt ließ er sie los. Denn auch er hatte ihre Hand fest in seiner gehalten.

Sogleich zog Jany ihre schneenassen Boots aus und folgte ihm ins Wohnzimmer.

Etwas Ungreifbares lag in der Luft.

Da war dieses Band zwischen ihnen, eine endlose Schnur, die nie zu reißen schien, indes heute auf Spannung lag. Fragen lagen in der Luft. Unzählige. Und ein Flirren, das sie beide umgab, und auf ihrer Haut widerhallte. Dringlich. Intensiv.

Das umso stärker geworden war, nachdem sie sich voneinander gelöst hatten.

»Möchtest du etwas trinken?«, bot er ihr an und schenkte sich darauf erst einmal selbst ein, vermutlich Whiskey. Ace stand am Kamin, neben dem kleinen Servierwagen, der als Bar fungierte. Er kippte die bernsteinfarbene Flüssigkeit in einem Sturz hinunter. »Sorry. Ich hab' das jetzt einfach gebraucht.« Er runzelte die Stirn. »Normalerweise trinke ich gar nicht. Das Zeug ist ein Willkommensgeschenk«, entschuldigte er sich. »Also bitte, was darf ich dir bringen?«

Jany stand auf der anderen Seite des Kamins und sah von ihm zum warmen Schein des Feuers, das in dem großen, antiken Prunkstück brannte. Sie fühlte sich schrecklich nervös, aufgeladen, wie eine aufziehbare Spielfigur, die nur darauf wartete, loszuhoppeln.

»Danke, nichts«, entschied sie rasch.

Sie wusste, was nun kommen würde und allein damit war sie schon überfordert. Ein Getränk würde sie hinterher nur verschütten. Andererseits konnte man sich an einer Tasse hervorragend festhalten, wenn man in Ohnmacht fiel. Sie rang die Hände. Blickte hinab.

Mit einer ihrer Hände hatte sie soeben noch Ace' starke gehalten. Es hatte sich so gut angefühlt. Es hatte sich richtig angefühlt.

Unversehens erinnerte sich Jany, warum sie hier war.

Sie wollte für das, was ihr wichtig war, kämpfen.

Für ihn. Um ihn.

Entschlossen wandte sie sich ihm zu.

»Also ich glaube, ich muss —«, setzte sie an, doch Ace begann zur selben Zeit: »Was habe ich verpasst?«

Beide mussten augenblicklich schmunzeln und Ace bot ihr an, sich zu setzen. Gemeinsam nahmen sie auf dem Chesterfield-Sofa, das direkt gegenüber dem Kamin stand, Platz. Es gehörte zu einer gemütlichen Sitzgruppe, die ringsum der Feuerstelle angelegt worden war.

»Was wolltest du sagen?«, bat er und sah sie unverwandt an. Seine Stimme klang wieder einmal schrecklich warm und einladend.

Jany hatte Skepsis erwartet, fand jedoch das Gegenteil. Aufgeschlossenheit und Neugierde. In seiner Stimme und in seinem Blick.

Und das verlieh ihr Mut. Er war nicht, wie die meisten Menschen, die sie in ihrem Leben kennengelernt hatte und die sie vom Fleck weg beurteilt hatten, das verstand sie jetzt.

Jany betrachtete ihn eine Weile.

Ace Wynter war fürwahr jemand ganz Besonderes.

Sie seufzte und rieb sich die Hände an den Oberschenkeln. »Himmel, ich weiß gar nicht, wo ich anfangen soll«, sagte sie mit leicht zittriger Stimme, sprach dann jedoch gleich weiter. »Kurzum: Früher …, früher war ich kein guter Mensch. Der Mensch, der gerade vor dir sitzt, war bis vor anderthalb Jahren noch ein völlig anderer. Aus vielerlei Gründen …« Nachdenklich sah Jany ins Feuer. »Aus törichten Gründen. Für die ich mich oft selbst nicht leiden mag. Für die ich mich schäme. Ich … ich war oft gemein. Und zu manchen Menschen wie Amy, Bo Derriksons Tochter, war ich auf der Schule regelrecht grausam. Weil ich selbst schrecklich unglücklich war. Nur dass ich das damals nicht wusste. Nicht verstand. Im Grunde schlug ich die ganze Zeit nur um mich. – Bis vor ein paar Monaten. Als ich begriff, dass ich eigentlich schrecklich traurig und einsam war.« Jany zuckte mit den Schultern. »Ich weiß gar nicht warum, ich denke, es waren viele kleine Auslöser, aber plötzlich erkannte ich es. Und ich erkannte, wer ich war und dass ich diesen Menschen selbst nicht mochte. Infolgedessen fing ich an, nachzudenken. Über mich und die Welt. Und das brachte ziemlich viel ins Rollen.« Sie lächelte flüchtig und schaute zu Ace, der ihr aufmerksam zuhörte. »Seither bemühe ich mich, ein guter Mensch zu sein, was wohl jeder auf seine Weise definieren mag, aber ich weiß, wer ich sein möchte. Fernab der ganzen Konventionen und Werte, die ich von zu Hause kenne, aus der Berufswelt und von Menschen, die mir nicht gutgetan haben. Ich versuche, glücklich zu sein und neue Menschen in mein Leben zu lassen. Wie Mia, Alma, Dori und Maude aus dem Buchclub. Es hat lange gedauert, bis ich begriffen habe, dass ich eigentlich ein ganz anderer Mensch bin, wie ich immer dachte. Und meine Freundinnen – ich danke dem Universum jeden Tag für sie – haben mir dabei geholfen, obwohl Mia jeden Grund hatte, mich zu hassen. Die vier sind für mich wirklich ein Wunder.« Bei diesen Worten musste Jany sichtlich schlucken. Tränen brannten hinter ihren Lidern.

Unvermittelt griff Ace nach ihrer Hand und nahm sie in die seine. Eine wundervoll tröstende Geste und eine stumme Aufforderung, weiterzureden, loszulassen und nicht mehr zu zögern.

Dennoch Jany benötigte einen Moment, um sich zu sammeln. »Was Amy betrifft. Ich überlege schon lange, mich ebenfalls bei ihr zu entschuldigen, wie bei Mia und anderen, mich zu erklären, allerdings lebt sie mittlerweile in New York und ich glaube nicht, dass sie sich über Post von Ebenezer dem schrecklichen Scrooge freuen würde.«

Prompt lupfte Ace eine Augenbraue. »So schlimm?«, fragte er.

Jany holte tief Luft. »Ich war wirklich gemein zu ihr. Na ja, vielleicht sollte ich ihr gerade deshalb schreiben. Nicht für mich. Sondern für sie.«

Ace nickte, als würde er sie tatsächlich verstehen, und dies war ein schönes Gefühl. Ihre Eltern hätten ihr vermutlich hier und jetzt einen Vogel gezeigt.

Noch einmal atmete Jany schwer, lächelte aber. »So, jetzt weißt du Bescheid. Ich bin nicht mit meinen Freundinnen aus dem Buchclub befreundet, weil sie auf irgendeine Weise Einfluss oder Geld haben. Ich bin mit ihnen befreundet, weil sie mir auf ihre Art das Leben gerettet haben. Da kann Bo Derrikson denken, was er will.«

»Ich weiß«, erwiderte Ace. Jany blickte erstaunt zu ihm. »Im Grunde wusste ich es, als du aus der Tür gestürmt bist, aber … Ach, keine Ahnung. Das Ganze hat mich total aus der Bahn geworfen. Ich traute nicht mal mehr meinen eigenen Gefühlen, geschweige denn meinen Gedanken. – Die Leute wollen ständig was von mir. Und das Teufelchen auf meiner Schulter weiß das definitiv gegen mich einzusetzen«, spaßte Ace resigniert. »Auch wenn das keine Entschuldigung für meine Reaktion ist. Jany, es tut mir ehrlich leid. Ich hätte mehr Zutrauen in dich haben sollen.«

»Nein! Nein, das musst dir nicht leidtun. Ich war ja selbst überfordert mit der Situation.«

»Tut es aber.« Er seufzte und drückte sanft ihre Hand. Darauf zögerte er einen Moment. »Und mir tut es leid, wie deine Eltern darauf reagiert haben.«

Oh … »Hast du uns etwa gehört?«

Ace nickte einfühlsam. »Es tut mir echt leid«, wiederholte er und schüttelte leicht ungläubig den Kopf. »Waren sie schon immer so?«, erkundigte er sich vorsichtig.

»Ich kenne sie jedenfalls nicht anders«, versuchte Jany zu scherzen, um Leichtigkeit in ihr Gespräch zu bringen, obgleich der Stich in ihrem Herzen sie wohl nie gänzlich loslassen würde. »Was jedoch keine Entschuldigung für mein Verhalten in der Vergangenheit ist«, schob sie eilig hinterher. »Immerhin bin ich bereits eine ganze Weile erwachsen.« Sie schmunzelte und wieder nickte er wissend.

»Na ja, jedenfalls, jetzt kennst du die Wahrheit.« Jany ließ seine Hand los und rückte ein Stück von ihm ab, um sich ihm seitlich gegenüberzusetzen. Um ihm Zeit zum Nachdenken zu geben.

Ace begann auf ihren Kommentar hin langsam zu lächeln und setzte sich ihr ebenfalls seitlich gegenüber. Herausfordernd hob er die Brauen. »Und was sagt mir nun diese Wahrheit?«

Jany war versucht, nach Luft zu schnappen.

Flirtete er etwa mit ihr?

Ihr Schmunzeln vertiefte sich, weil sich das hier einfach toll anfühlte. Ihr Herz galoppierte davon. Wagemutig, wie sie es nicht von sich kannte, konterte sie: »Ja, das musst du schon selbst herausfinden.«

Ace bemühte sich, einen ernsten Gesichtsausdruck aufzulegen, scheiterte allerdings. »Okay …« Er grinste und stand auf. »Aber nicht auf leerem Magen. Hunger, Miss Cartwright?« Er zwinkerte.

Kurze Zeit später tauchte Ace mit einer Packung Marshmallows und zwei langen Schaschlikspießen aus Metall auf.

Ohne zu zögern schmiss er ein paar Wolldecken zu Boden und richtete ihnen ein Lager direkt vor dem Feuer, damit sie ihre Marshmallows rösten konnten.

Es war himmlisch. Und verdammt süß!

Weil Ace süß war … und heiß, aber na ja, vor allem süß. Weil er so war, wie er war, und weil er abermals die Wollsocken aus ihrem Laden trug.

»Du stehst auf die Dinger, oder?« Jany stupste seinen Fuß mit dem ihren an, der selbst in einer bunten Printsocke mit der Aufschrift „I love books, candles and snow" steckte. Sie hatte Lust, ihn zu necken.

»Und wie! Sie sind schließlich von dir«, konterte er mit einem Unterton in der Stimme, der ohne Frage eine Kernschmelze auslösen konnte.

Ihre Kernschmelze definitiv.

Beinahe hätte Jany sich an ihrem Marshmallow verschluckt. Sie hustete.

»Brauchst du Hilfe?«, fragte er trocken.

»Nein, danke«, spottete sie frech und lachte. Oh ja, er wusste ganz genau, was er tat. Von wegen süß.

»Eigentlich ist es ein Wunder, dass ich sie mag …«, begann Ace unvermittelt ernster.

»Was? Wieso?«, reagierte Jany halb verwundert, halb noch lachend. Was war mit den Socken?

»Weißt du, in meiner ersten Nacht hier hatte ich einen ziemlich merkwürdigen Traum.«

»Echt?« Sogleich wurde ihre Stimme sanfter. »Das tut mir leid.«

»Nein, so schlimm war es nicht«, ruderte Ace augenblicklich lächelnd zurück und erzählte ihr davon.

»Die Frau hat also genau hier – hier an dieser Stelle gesessen? In einem Schaukelstuhl? Und hat Wollsocken gestrickt?« Das war tatsächlich ein klein wenig gruselig. Konnte es …? Konnte es der Geist der Liebenden gewesen sein, um den sich die Spukgeschichte dieses Hauses rankte? Obwohl seine Beschreibung erinnerte sie vielmehr an … an Stacy. Mias verstorbene Tante, die die Vorbesitzerin ihres Geschäfts gewesen war. Herrje, immerhin befanden sie sich in einem waschechten Geisterhaus.

»Meine Mutter jedenfalls«, lenkte Ace sie von ihren Gedanken ab, »würde jetzt sofort ihre *und meine* Horoskope herauskramen und sie zurate ziehen.«

»Wirklich?« Die Vorstellung gefiel Jany.

»Das macht sie immer. Wenn man ihr Glauben schenken will, hat das Horoskop des Country Journals 2010 meine Karriere vorhergesagt.«

»Nicht wahr! Sieh an, Jolly Tree steckt voller Überraschungen«, scherzte Jany, steckte sich das nächste gebräunte Stück Marshmallow in den Mund und lehnte sich genüsslich zurück.

»Ja …, Jolly Tree steckt wirklich voller Überraschungen«, erwiderte Ace leise. Sein eindringlicher Ton ließ sie sofort aufblicken. Himmel, wie das klang …

Ace beobachtete sie und rückte langsam näher, bis er direkt neben ihr saß. »Hey!«, sagte er sanft.

Jany sah ihn über ihre Schulter hinweg an. »Hey …«, entfuhr es ihr wie ein Hauch. Schlagartig war die Luft um sie so schwer und dick, dass sie kaum zu Atem kam. Sie blickte Ace in seine wundervollen hellbraunen Augen, in denen sich das

Kaminfeuer widerspiegelte. Sein welliges Haar glänzte in dessen Schein und Jany beschlich das unbändige Gefühl, es berühren zu wollen. Ihn berühren zu wollen. Seine Haut. Seine Lippen, die nach Apfel geschmeckt hatten. Alles von ihm.

»Du weißt schon, wenn du mich weiter auf diese Art anstarrst, kann ich bald für nichts mehr garantieren.« Ein leises Lächeln umspielte seine Lippen, gleichzeitig wirkte er völlig ernst.

Ihr Blick blieb an seinem Mund kleben. »Ist das so«, forderte sie ihn heraus und erkannte sich selbst nicht wieder. Die Vorstellung, ihn erneut zu schmecken, zu spüren, ließ sie ihre Scheu vergessen.

Ace rührte sich keinen Millimeter. Er gab lediglich diesen berauschenden Ton von sich, den sie bis tief hinunter in ihren Bauch spürte: »Mhm …« Währenddessen betrachtete er ihre Lippen.

Jany rückte näher. Ihre Münder nur noch Zentimeter voneinander entfernt. »Du weißt, ich bin kein Typ für einen One-Night-Stand«, wollte sie klarstellen. Für sich. Für ihn. Für sie beide.

Wieder dieses Brummen … und Ace verringerte den Abstand ein weiteres Stück. »Nein, das bist du nicht.« Heiß strich sein Atem über ihre Wangen und Jany spürte ein aufgeregtes Zittern in ihrem Körper aufwallen. In ihrem Bauch. In ihren Fingern. Überall. Bis hin zu ihren Zehenspitzen. »Und ich auch nicht«, ließ er sie wissen und suchte ihren Blick.

Jany spürte es und sah auf.

Jemandem, den man so mochte, den man bis auf die letzte Zelle seines eigenen Körpers begehrte, derartig nah zu sein, ihm in die Augen zu schauen, zu warten, was als nächstes geschah, war atemberaubend. Ihr ganzer Körper verzehrte sich nach dieser einen Berührung von ihm. Und nach so viel, viel, viel mehr. Anspannung erfasste sie. Unendliche Anspannung, die sie zu zerreißen drohte. Ihrem Unterleib entsprang ein verheißungsvolles Prickeln.

»Ich bin auch nicht mehr der Typ dafür«, sprach er weiter. »Nicht mehr. Seit ich dich kenne.«

Jany schloss die Augen. Dieser Mann machte sie fertig. Ganz und gar. »Aber du kennst mich doch gar nicht«, flüsterte sie protestierend, während sie ihre Stirn gegen die seine lehnte.

Sanft legte er seine Hände um ihr Gesicht und streichelte sie mit seinen Daumen. »Dann lass mich dich kennenlernen!«, fluchte er fast.

Plötzlich spürte sie mit leichtem Druck seine Lippen auf den ihren. Sie seufzte erleichtert, traute sich jedoch nicht, sich zu bewegen. Sie wollte nicht, dass es aufhörte. Genoss das zärtliche Spiel zu sehr.

»Morgen.«

Abermals ein Hauch von einem Kuss.

»Und übermorgen.«

Langsam fuhr er mit seinem Daumen ihre Lippen nach, was ihr ein verzweifeltes Wimmern entlockte.

»Und überübermorgen. An jedem verdammten Tag, der noch kommen mag, Jany!«

Kaum hatte Ace seine Worte beendet, spürte sie seine Lippen ganz auf ihren. Fest. Unnachgiebig.

Ein lustvoller Blitz durchfuhr sie, wühlte Jany vollends auf.

Jetzt gab es kein Halten mehr. Für sie beide.

Sie brauchten einander mehr, als sie selbst gewusst hatten. Sie ihn und er sie. Und sie beide zeigten es sich mit ihren Lippen, mit ihren Händen. Bis auch dies nicht mehr genug war und sie sich gegenseitig auszogen.

Nackt umschlungen kamen sie auf den Wolldecken vor dem Kamin zum Liegen. Ace halb über ihr. Er hielt Jany in seinen Armen, ihre Beine miteinander verwoben.

Er küsste sie und streichelte sie derart liebevoll, wie sie es bislang nie erlebt hatte. Ihre Oberschenkel, die weichen Innenseiten ihrer Schenkel, ihren Rücken, ihren zarten Bauch.

Mit ihren Brüsten ließ er sich besonders viel Zeit. Und dann begann er von vorn an ihrem Hals und Schlüsselbein, als könne er nicht genug von ihr bekommen. Er knabberte und leckte an ihr und sie kostete ihn ebenfalls. Er schmeckte köstlich. Sein Mund. Nach Whiskey, Karamell und Äpfeln. Fortan wäre er ihr Lieblingsgeschmack …

Sie war verrückt nach seinen Apfelküssen.

Und sie wollte, dass es nie endete. Zeitgleich wollte sie mehr, brauchte mehr. Sie zog Ace dichter an sich, umschlang ihn mit ihren Armen. Fasste seinen Po und bot ihm ihr Becken dar. Ein stummes Flehen.

Überhaupt redeten sie wenig. Hier ein Wispern, dort ein Raunen. Es schien, als verstünden sie sich gänzlich ohne Worte.

Kein Wunder, der Mann wusste, was er tat, mit jeder verdammten Berührung!

Janys Haut brannte, schien zu verglühen und in ihrer Mitte sammelte sich flüssige Lava. Köstlich und kribbelnd und …

Ace suchte und fand ihren Mund, küsste sie eindringlich, rückte von ihr ab, schnappte sich ein Kondom, nur um im nächsten Moment … endlich … in sie einzudringen.

Jany keuchte laut auf, wie sie ihn in sich spürte. Große Güte!

»Das hoffe ich doch«, brach er schmunzelnd das Schweigen an ihren Lippen.

Hatte sie etwa …? Ja, sie hatte …

Jany lachte auf und verstummte im nächsten Augenblick atemlos, da sie ihn ganz in sich spürte. Lang und hart und er berührte Stellen …

Jany zuckte. Alles in ihr zuckte. Vor Wonne, Hitze und Lust.

Und dann begannen sie sich zu bewegen. Im Einklang trieben sie sich gegenseitig an, streichelten und liebkosten sich. Liebten sich.

Denn das hier war nicht nur Sex. Mit einem Male wusste

Jany, dass Ace ihr hiermit etwas beweisen wollte. Dass die Welt auch gut sein konnte. Sanft und einfühlsam. Nichtsdestoweniger ein Orkan. Ein wilder, sinnlicher Orkan. Ein Tanz aus Feuer und Seide.

Und dieser Tanz trieb sie in schwindelerregende Höhen.

Jany konnte kaum mehr atmen, verloren in ihren immer schneller werdenden Bewegungen.

Sie spürte, dass sie bald kam, und Ace spürte es ebenso.

Geschickt winkelte er ihr Becken an, drang weiter, tiefer, genüsslicher in sie ein, reizte diese eine Stelle. Wieder, schneller, heißer. Bis Jany mit einem lauten Schrei kam.

Sie zersprang in seinen Armen und er hielt sie fest, während auch er Erlösung in ihr fand. Hielt sie fest, nachdem sie sich voneinander gelöst hatten. Hielt sie fest, bis sie langsam einschliefen, versunken in einer Woge der Glückseligkeit.

Später in der Nacht wachte Jany auf.

Das Feuer im Kamin brannte noch, loderte jedoch nicht mehr. Es glimmte vielmehr vor sich hin. Gleichzeitig spürte sie, dass es kühler geworden war, und stellte fest, dass Ace nicht mehr neben ihr lag.

Mit müden Gliedern – ja, der Mann machte sie wirklich fertig, auf jede erdenkliche Weise – stand sie auf, zog sein T-Shirt über, das zu ihren Füßen lag, und machte sich schmunzelnd auf die Suche nach ihm. Sie konnte es gar nicht erwarten, ihn wieder in ihre Arme zu schließen.

Sie bog um die Ecke in den Flur zur Küche und blieb abrupt stehen. Im Dämmerlicht erkannte Jany, dass sich Ace in dem Flur mithilfe von ein paar einfachen Regalen eine provisorische Bibliothek eingerichtet hatte. Begeistert überflog sie die zahlreichen Buchrücken.

Just in der Sekunde trat Ace lächelnd zu ihr. Auf den Hüften eine bequeme Jogginghose sitzen und in den Händen eine weitere Decke haltend.

»Ich dachte, dir wäre vielleicht kalt«, sagte er, nahm sie

seitlich in den Arm, sodass sie beide seine Büchersammlung begutachten konnten, und küsste sie auf die Schläfe.

Ace besaß eine bunte Mischung aus allen Genre, wenngleich er eine Vorliebe für Thriller zu haben schien. Mittendrin *Der scharlachrote Buchstabe* von Nathaniel Hawthorne, der aktuelle Roman ihres Buchclubs.

Lange Zeit konnte Jany nicht ihren Blick davon abwenden. »Meinst du, die Bücher, die wir lesen, verraten uns, wer wir sind?«

Ace zuckte leichthin die Achseln und dachte nach. »Vielleicht verraten sie uns auch, wer wir gerne sein würden. Obwohl … Nein!«, dementierte er selbst, lachte und schüttelte den Kopf. »Ich hege weder den Wunsch Spion zu werden, noch Bestatter, noch Pathologe. Geschweige denn irgendeine Person in Lebensgefahr.«

Das entlockte Jany ein breites Grinsen.

»Aber ich bin dankbar, dass es sie gibt«, bemerkte er plötzlich ernst und schaute sie eindringlich an. »Ohne Bücher gäbe es euren Buchclub nicht. Und ohne euren Buchclub nicht das Cosy Dreams. Na ja, und ohne das Cosy Dreams –« Er schluckte angestrengt. »Hätte ich … hätte ich dich niemals kennengelernt. Es hätte niemals diesen spektakulären Kuss unter dem Mistelzweig gegeben, wohl gemerkt der spektakulärste Kuss meines Lebens, und wir würden heute nicht hier stehen.«

Der spektakulärste Kuss seines Lebens …? Himmel!

Janys Herz schmolz dahin. »Der war ziemlich spektakulär«, gestand sie lächelnd. »Genau … wie diese Nacht«, gab sie weiter zu.

»Dir geht es also gut und du verfluchst mich nicht, weil ich dich auf dem harten Wohnzimmerboden verführt habe?«, scherzte er, obgleich eine Spur Reue in seiner Stimme mitschwang.

Jany seufzte und kuschelte sich enger an ihn. »Besser geht's nicht.« Sie holte tief Luft. »Ich bin bei dir«, schob sie erklärend hinterher und wunderte sich selbst über ihre Direktheit. Ihren Wagemut und ihre Ehrlichkeit. So etwas hatte sie nie zuvor zu einem Mann gesagt.

Obwohl … so einen Mann wie Archibald Wynter gab es ja auch nicht ein zweites Mal.

Ace lächelte zufrieden und gab ihr einen Kuss auf den Scheitel. »Weißt du eigentlich, wie froh ich bin, dass du jetzt hier bist? Du wirst es mir vielleicht nicht glauben, aber in dem Moment, als du mit dem antiken Tennisschläger auf mich losgegangen bist, war es um mich geschehen. Das Ding –« Er schnaubte, lachte flüchtig. »Nein, nein du!« Erneut war seine Stimme ganz sanft. »Du hast mich mitten ins Herz getroffen«, flüsterte er an ihrer Schläfe.

Jany musste die Augen schließen, weil sie das Gefühl hatte, dass ihre Emotionen sie übermannten.

Seine Worte … Er …

Auch er hatte sie mitten ins Herz getroffen.

Das wusste sie, seitdem sie sich das erste Mal unter dem Mistelzweig in Maudes Flur geküsst hatten. Wegen alledem, was er tat und sagte. Wegen alledem, was er war. Sie hatte sich unwiderruflich in ihn verliebt und bei seinem Geständnis wurde ihr ganz warm ums Herz. Und leichter und … plötzlich fühlte sie sich ganz. Ja …, ja, sie hatte sich in ihn verliebt!

Langsam drehte sich Jany in seiner Umarmung und schlang die Arme um seine Taille. Wanderte mit ihrem Blick über seine Brust, zu seinem Kinn, bis hin zu seinen Augen, die sie wie eh und je musterten. Interessiert und aufgeschlossen. Und vor allem anderen gütig und liebevoll. Sie liebte diesen Mann und das musste sie ihm unbedingt begreiflich machen. »Und du mich«, sagte sie, nahm wie zur Bestätigung seine Hand und legte sie an die Stelle, unter der ihr Herz wie verrückt pochte. »In deiner Gegenwart kann ich kaum einen vernünftigen Gedanken fassen. Mein Herz rast und stolpert. Ich kann nichts dagegen tun. Eigentlich müsste mir das ziemliche Angst bereiten und trotzdem will ich ständig in deiner Nähe sein.«

Ace atmete hörbar auf. Als hätte er seit seinem Geständnis die ganze Zeit über die Luft angehalten. Erleichtert nahm er ihr Gesicht in seine Hände und küsste sie. Sanft. Innig. Endlos. Abermals ein Versprechen. Für sie. Für ihre Liebe.

»Und wie geht es jetzt weiter?«, fragte Jany, nachdem sie sich voneinander gelöst hatten. »Ich meine, bleibst du jetzt wirklich hier?« – Hier bei mir? Jany sprach die zweite Frage nicht aus, dennoch wusste Ace, was sie meinte.

»Ich bleibe hier, hier bei dir, in diesem Haus und in dieser Stadt.« Ace holte Luft. »Und für den Anfang wäre ich sehr glücklich, wenn du mir beibringen könntest, wie man diese süchtig machende Marmelade herstellt. Mein Glas ist nämlich schon leer.«

Jany blinzelte. »Was?« Sie lachte, konnte es nicht glauben.

»Ich weiß, deine Küche ist zu klein«, fuhr er ungerührt fort. »Hingegen *meine* ist perfekt für deine Zwecke.« Er lächelte verschmitzt. Jany gleich mit.

Was führte er im Schilde?

»Bring einfach das ganze Zeug, das du dafür benötigst mit und wir machen es hier. Und wenn du schon einmal dabei bist, kannst du gleich deine anderen Sachen mitbringen. Wie du weißt, habe ich viel Platz und den ein oder anderen Schrank noch frei. Na ja, und was meine zweite Betthälfte anbelangt, die könnte ich mir ebenfalls vorstellen, mit dir zu teilen.«

Jany starrte ihn mit offenem Mund an. »Hast du …« Sie stoppte kurz, konnte ihre Freude nicht verbergen. Und das wollte sie auch gar nicht. »Bittest du mich etwa gerade, bei dir einzuziehen?«

Ace grinste und da war er wieder dieser Blick, der allein für sie bestimmt zu sein schien. »Hättest du Lust?«, fragte er bedächtig, der Schalk mit einem Male verflogen. »Ich weiß, es ist …« Er rang um die richtigen Worte.

»Verrückt? Aufregend? Und ein ziemliches Abenteuer?«, half Jany ihm aus. Sie strahlte über das gesamte Gesicht. Dass er dies mit ihr wagen wollte, das bedeutete ihr alles!

Ohne Vorwarnung hob Ace sie mit Schwung hoch, wirbelte sie einmal herum und küsste sie.

»Das schönste Abenteuer meines Lebens«, entschied er raunend an ihren Lippen und küsste sie erneut. Mit solch einer Innigkeit, dass Jany wusste, alles – wirklich alles würde gut werden. Denn er war hier, an ihrer Seite und es war perfekt. Einfach perfekt.

»Das schönste Abenteuer meines Lebens …«

In der Nacht, als das Haus und die Menschen darin
zur Ruhe gekommen waren, ging ein leises Quietschen
durch die Flure.
Das Holz im Kamin glimmte leise. Das Paar schlief.
Die Frau im Schaukelstuhl lächelte froh, wippte und
sandte einen lieben Gruß an den Nordpol.
Ebenezer hatte seine Liebe gefunden. So, wie es sein sollte.
Und schon strickte sie weiter, an einem neuen Paar
Wollsocken.

– Fröhliche Weihnachten –

Apfel-Vanille-Konfitüre

Zutaten
(für 2 Gläser à ca. 450 g)

1 kg Boskop (ca. 5 Stück)
20 g Zitronensaft
40 g Wasser
ca. 300 bis 350 g Gelierzucker 2:1
1 TL Vanillearoma

Zubereitung

1. Eine große Schüssel auf eine Waage stellen und auf Null tarieren.

2. Äpfel schälen, in kleine Stücke (1-2 cm) schneiden und nach und nach in die Schüssel geben. Sobald ein paar Apfelstücke in der Schüssel sind, 20 g Zitronensaft und 40 g Wasser zugeben und öfters gründlich vermischen, damit die Äpfel keine Zeit haben, braun zu werden.

3. Das Gewicht der Äpfel (inklusive Wasser und Zitronensaft) von der Waage ablesen und notieren (ca. 600 bis 650 g).

4. Apfelstücke mit Wasser und Zitronensaft in einen großen Topf umfüllen und bei mittlerer Hitze zum Kochen bringen, bis die Äpfel weich werden. Das dauert je nach Festigkeit der Äpfel 5 bis 10 Minuten. Topf kurz von der Herdplatte nehmen und weiche Äpfel mit einem Kartoffelstampfer

vorsichtig im Topf zerdrücken, sodass sie zu Mus werden und nur noch kleinste Stückchen übrigbleiben.

5. Gelierzucker abwiegen: Das benötigte Gewicht ist die Hälfte der notierten Apfelmenge. Topf wieder auf den Herd stellen, Apfelmischung noch mal aufkochen lassen, Gelierzucker und 1 TL Vanillearoma zugeben, vermischen und nach Packungsanweisung des Gelierzuckers kochen lassen. Achtung: Konfitüre ist teuflisch heiß und spritzt leicht. Nach der Zeit eine Gelierprobe machen und die Konfi heiß, z.B. mit einer Kelle und/oder einem Edelstahltrichter, in Schraubgläser füllen. Bitte passt dabei auf eure Hände auf. Die Gläser sofort verschließen und die Konfitüre mindestens zwei Tage durchziehen lassen. Am besten schmeckt die Apfel-Vanille-Konfitüre auf Toast mit Butter oder süßem Hefegebäck. Lasst es euch schmecken!

Weihnachtlicher Geschenktipp:
In kleinen Gläschen superschön zum Verschenken.

Danksagung

Alle Jahre wieder im August. Wie seine Vorgänger habe ich auch „Zwischen Bücherglück und Apfelküssen" im August geschrieben. – Habe ich etwa mit der Jolly Tree-Reihe eine neue Tradition ins Leben gerufen? ;-) – Wie es auch sein mag, für mich war es wieder einmal ein Fest, diesen wundervollen Kurzroman für euch entstehen zu lassen.

Denn diese Geschichte ist für EUCH!

Für all die Lichterkettenfans, Wollsockenliebhaber und Kakao mit Schlagsahne-Junkies dieser Welt. Für alle, die sich bereits im Sommer auf Weihnachtsfilme freuen und es kaum erwarten können, sich in eine Wolldecke zu kuscheln, wenn es draußen dunkler und kühler wird, Wind weht und Duftkerzen in den Zimmern erstrahlen.

Ich hoffe, ihr hattet mit Jany und Archibald genauso viel Freude, wie ich mit ihnen beim Schreiben.

So und jetzt geht wie immer an dieser Stelle ein ganz dickes Dankeschön raus.

An meine Mum. You know why! Hab dich lieb!

Und an euch, meine Leserinnen und Leser!

Weil ihr all das möglich macht.

Ihr kauft, lest und begeistert euch für meine Geschichten. Erzählt davon euren Freunden und verlangt immer wieder nach neuem Lesestoff.

Vielen herzlichen Dank! Das bedeutet mir unendlich viel!

Ich wünsche euch und euren Lieben eine wunderschöne Winter-Weihnachts-Zeit. Habt's fein!

Herzliche Grüße und alles Liebe
Miri

PS: Ich freue mich, von euch zu lesen … @miri.smith.autorin

Weitere Veröffentlichungen

Einfach cosy …

Ob Krimi oder Romance, ich schreibe
Geschichten zum Wohlfühlen!

Hier findet ihr eine Übersicht meiner Romane.
Viel Spaß beim Stöbern!

Liebesromane:

Die Jolly Tree Reihe – Weihnachten im verschneiten Vermont

„Für Fans humorvoller, knisternder Liebesgeschichten"
„Weihnachtsgeschichten mit ganz viel Herz zum Wohlfühlen
und Träumen"

Band 1: Die Liebe kommt in Wollsocken
(als E-Book, Taschenbuch und Hörbuch)

Band 2: Eisprinzen küsst man nicht
(als E-Book und Taschenbuch)

Band 3: Zwischen Bücherglück und Apfelküssen
(als E-Book und Taschenbuch)

Sommerstrandliebe

Ein Sommerroman über Selbstfindung und die große Liebe
in Holland

Cosy Crime (Crime meets Romance):

Die Elsy Moore Reihe – Atmosphärisch, schlau, witzig und mit ganz viel Herz!

In der Elsy Moore Reihe dreht sich alles um die junge Hobbydetektivin Elsy Moore und das schrullige Dörfchen Stricktony im Herzen von Devon.

Ihr mögt Spannung und ein kniffliges Rätsel? Ihr habt Lust auf Urlaub in England, und zwar von zu Hause aus?
Und eine süße Romanze darf auch nicht fehlen?
Ihr seid Dackelfans und liebt gutes Essen?
Dann seid ihr bei Elsy Moore genau richtig!

Band 1: Elsy Moore und der Teetassenmörder
(als E-Book, Taschenbuch und Hörbuch)

Band 2: Elsy Moore: Ungesund ist der Tod
(als E-Book, Taschenbuch und Hörbuch)

Band 3: Elsy Moore: Das Böse eines Sommers
(als E-Book und Taschenbuch)

Gut zu wissen: Alle Bände von „Elsy Moore" sind in sich abgeschlossen und unabhängig voneinander lesbar.